詩集

愛器知？

――深く大きく広く

JOMON Sugitaro
縄文 杉太郎

文芸社

一言は　自尊捨てての　愛器知か
慟哭の　器《き》小さき過去　顧みて
知の一人旅　愛すべき我

初芽

愛器知？

愛知、わたしたちの五感に響く可視の□の中に愛と知。愛と知は□＝器を通して音響＝氣に。直観の**愛**（愛共《あいきょう》〈共感共生の愛〉）と**知**、洗脳（brain doctrination）から自由な知、これら愛知の豊かな詩情は、豊かな文字の光線や音の波動＝氣、さらにそれら実体の形態＝器で顕現する。正しく認知される器□は物体にもなり、楽器や水や空氣等のような音波や波紋など波動のアンプ・原動機にも変幻する。暗黙知を含む、このような知は行動＝動く器にも示現する。

さらに器は、霊能者等の「知」＝可視に及ぶ世界、一般人に不可視のマトリックス的霊界にも広がる。惜しむべきは縄文杉太郎には、霊界については、ほんの気配しか知ることが出来ない。やむを得ず、本詩集では、可視・認知出来る平凡な器に限定する。また、愛の力、共感共生の情や器は生まれつきのものであり、いくら努力しても深く大きくはならないのかもしれない。しかし、本詩集では、卑小にならず、「素晴らしき」大自然でもある器の御手の上で、努力が報いられるはずの愛器知育成の軌跡をシャキっとして吐露したい。

器は愛を湛え、その音波に共鳴する器からは知が湧き出、勇氣を漲《みなぎ》らせ、知行合一《ちこうごういつ》（知即行、行即知）の人格を育む。実行の知の過ちは愛を悪行にする。だから、愛深き者は知の過ち、騙されていたこと等に気付いた時、自尊心を傷つけながらも、傷つく自尊が浅墓な偽物の愛エゴであることを自覚しつつ、自分の思想・宗教・科学等の知を「どこでもなんどでも」改める。なおかつ、純心さゆえに、愚行を犯した自分や他者の知行合一の志、それだけは抽出して自己評価する。こんな身勝手で部分的な抽出が出来るのか？「熟慮断行」。もし、考えぬいた末に、過った信仰的正義感から殺人を犯しても？ Yes. 人間は、どうしても愛器知、その成長段階に応じてしか生きていけないのだから。

＊愛器知＝三氣

この愛器知＝三氣のハーモニーの響きに合わせて、偽りなき愛はその空葉《うつわ》の上空でひばりのように歌い、蝶のように軽やかに自由に舞い、洗脳を疑い信念を持って自分で突き止め納得した違和感のない知はその葉脈に沿って潤す水玉のように光りながら怜悧に転がる。かけがえのない自分の見定めた器は、天が人間に与えた愛知の結晶、かつ愛知による生老病死苦の試練のアンテナ。このようにして、器は水五則のような人智とイエスの垂訓のような人類愛との接点として与えられたtaonga（神からの贈り物、宝物［マオリ語］）。器、taongaは、“I have been got taonga by God.” それは、わたしたちの身体、自然環境、景観、宇宙は、生まれてきたものの航海中に多生の縁で施される不思議な恩恵。心器不二、器はわたしたちのアイデンティティ。

愛と知は、S（Semantic 意味論的）情報、器はP（Physical 物理的）情報。具象の器＝P情報は「想」の原石、日本庭園の釣舟石のみならず象徴となり、神を初め広く深く森羅万象と抽象概念を想像させる。そして、器は「器の大きい人物」等で表現されるようにS情報でもある。

愛器知は3つとも抽象概念S、ただし器は同時に具象概念P。器＝空葉は、愛器知を盛る人体や人間の外部環境であり、人間の魂や精神と具体的現世界とを媒介する橋。器よ、美しく響け。口の中の祈りの詩、そのミサやお経や交響曲＝氣のように。

愛器知、それら3つと同じ抽象概念であり、それらの概念をはっきり認識させるべく燈《とう》明《みょう》となるのが命環想《めいかんそう》。微細大宇宙、無限の宇宙を見通す愛器知の大日如来によれば、命環想という蝋燭＝光＝力によって愛器知（「身土不二」同様三氣一体）は、具体的な器を媒介に共に繋がり合い相互に作用し合い共生する？

愛は、ここでは情と知との相反（「智に働けば……」〈漱石〉）を悩みつつも、長期短期や相互の成長段階を汲み取った最適な共生の知と協働せんとするものである。即ち、この相反を、命Bと命Aの共存＝相互利己利他心でもってバランスを計り調停し、知と協働する慈悲の意識・心のことである。

命Bは命Aの関わるAの愛の力（作用）によって育まれ、そのAの力、その深さに相関して、Bを含む人体を含む環境＝器は大きくなり、Aが大きくしたこの器が逆にA自身に対して受容するように関係し、Aの愛を深くする。しかし、その尋《じん》の道は、どこまで歩いても途中であり、『未完成♪』（シューベルト）である。わたしたちは、愛器知をどこまで深く大きく広くできるのだろうか？　本詩集は、このテーマ曲『未完成♪』を耳にしつつ、目読して下されば幸いなるかな、である。

愛がAB共生のために広げさせた知によって逆にその正しい共生の愛の力によって、一層器は大きくなる。Aの愛と想、さらに知の関係もこのように相互に作用し合う。即ち、膨張するAの愛・器は、想像力を高め、Aの知力に関係することによって、逆に豊かになるのではないだろうか？　愛・器・知（あい♥＝心・きU＝口・ち⇗＝矢＋口）は、命・環・想（めい＝いのち＝息の血＝人＝火《ひ》〈霊〉止《と》・かん＝囲んで回ること＝関係・そう＝想像力）を媒介により深くより大きくより広くなるのではないだろうか？　愛器知の森と氣、三氣一体、三森一体。

＊夢尋ね

少年少女には、夢とそれを叶えるための「尋《じん》」がある。それは志＝夢へ向かうヴェクトル、その現実的社会的な力を増強するための人格的力＝愛器知を深く大きく広くせんことを求めてゆく「尋」。君たち若者の使命、mission。それは、taonga による受苦、passion。愛器知を尋ね理想の人物になる夢。

若者　その器に　愛知を湛えよ

少年と少女　その青さ　未熟さ
それゆえに大きな夢
愛器知　より深く大きく広く
十牛図　尋尋
愛器知？
いい愛がいい会いを生み
いい会いがいい愛を生む
消しては灯し
器と知を換えろ
いい器がいい氣を生み

いい氣がいい器を生む
壊しては捏《こ》ねて作り
愛と知を盛れ
いい知がいい地を生み
いい地がいい知を生む
落ちては飛び上がり
愛と器を直せ
若い　雌雄の牛
苦悩の尋牛
良きかな愛器知？
歓喜の尋牛
若者よ　その心身　器に　愛知を湛えよ

……ポジティヴな理想を尋ね、そこへ向かう使命感と勇氣を伴う愛情（思いやり）は海のように深く空のように高く、器量（知力の幅＋血肉の耐力）はそれを湛《たた》える地球のように大きく、知識（蓄積した情報）は海や空を回遊する魚や鳥や虫の航路のように広く。はてな（？）の「尋牛」。十牛図のイメージに準《なぞら》えて、あなたの、わたしの愛器知の深さ大きさ広さは？　そして、その度合い、いま現在のベストミックスに応じた愛器知は？　わたしの永遠のエーテル＝心霊と現世の肉体・自然環境＝器とを繋ぐ力（相互作用）＝愛の力・知の力。愛知は器に包まれ、心霊は器を基地に遊泳し、死を以て他界へ移動する。

Ｉ（自己、愛）と血（ＤＮＡ、知）に相応し分の合った深さ大きさ広さの寝袋（器）が、各自にあり、時間軸の長短・空間軸の広狭・次元の高低に応じて伸縮しつつそれ相応な一生を健気《けなげ》に一所懸命に送って逝く。睡眠薬・向精神薬等に拍車をかけられるノイローゼ等メンタルな面からの自滅を予防するには、気をつけながらの断薬・減薬・漢方薬への転換・腸内細菌の改善と生来の器相応の「知足」を要するけれど、わたしは「力尽く」（安田講堂落書、前半は「連帯を求めて孤立を恐れず」谷川雁）しているのだろうか？　そう尋ねつつ、志ある人々は、愛器知をより深く大きく広くしてゆきたい、と今日も思いつつ、肉体＝器に縛られながら、その器を維持するための衣食住、動的平衡で器を新陳代謝するための食物、肉体の皮膚・体毛を延長した衣類・寝具、さらに膨張させた住居を必需品にしながら生きている。

よりよく、効率的に生きる努力は、愛器知を充実させるけれど、努力一筋で無理しちゃいけない。勤勉な余りに、自滅は避けなきゃいけない。けれど、あなたは、まだ「伸代《のびしろ》」を残している？　休めない。「求めよ（尋ねよ）、さらば与えられむ（求〈尋〉性成仏）。」

＊皮肉、愛器知

あいきち。愛といっても、「奇跡の人」アン・サリヴァンがヘレン・ケラーに注いだように、いつも太陽＝命の火の如く温かくはなく、時にはあえて消灯せぬようにと寒月のように冷たく、器といっても、いつも陶磁器のように硬くなく、水母《くらげ》のように柔らかく伸縮自在で、知といっても、薄っぺらな自尊心から解放され、時にはピエロのように笑われる無邪氣な姿でいたい。

また、愛といっても、皮肉な「マイナスにマイナスを掛けたらプラスになる」ような愛憎の逆説もある。器も小さく知も狭い憎悪の人物が、悪行を犯したつもりが、「塞翁が馬」にも似て、犯された無実の他人が命を繋ぐ局面。たとえば、良薬だと誤ったワクチンを憎んだ善人に打たないで殺そうと思った悪人が、結果的には打たれないで済むことになった善人の命を救うような場合。シベリア抑留で、1日黒パン1個しか、アジア解放の日本戦士に施さなかったスターリン主義者が、結果的には戦士達にオートファジーさせ、健康を維持させサヴァイヴァルさせたような場合。逆説、情けは疫《えき》に敵対は益《えき》に。

ポシティヴ愛器知？　その対語はネガティヴ憎伏痴《ぞうふくち》（憎悪・履伏《ふふく》・痴呆）。ネガティヴな現実に溺れた憎悪は汚泥の沼のように腐臭を放ち、器を伏せて愛を盛らず、狭量に正しい情報を認知せず耳目を閉ざし痴呆に満足した日常を送る。

ポジティヴ命環想。その対語はネガティヴ殺壊滞（殺戮破壊殺壊滞留）。ネガティヴな現実に溺れ、一線を超えた快楽依存症的殺戮、美しい森羅万象の破壊、人間的に堕落させる依存症的停滞。

誤った愛器知を尋ねる人間は、憎伏痴を尋ねる人間、つまりこの憎伏痴を目標自体が真逆の美徳＝人生の喜びとなり、生贄・殺戮・虐殺の人口削減を使命にするようになった悪魔的人間。このように屈折し戦争好き毒薬ワクチン好きの醜いネオコン・軍産複合体・医療マフィア等悪魔教崇拝者も、この美しい世界にはいることを知り、かつまたこれらの邪悪なＡＢＣ（Alert/Bargain/Clever）の揃った悪魔教ＤＳ（ディープステイツ）が政治・宗教・科学界を情報操作（マスコミの嘘）・カネや名誉欲による誘導・暗殺等の暴力を駆使していることを知り洞察しておかねばならないだろう。ガリバーのように異世界を知ろう！

また、異世界に行かずとも、わが胸を覗き、表向き尋「愛器知」人間のわたしたちも、その内面にこのような裏の悪魔を住み込みで働かせている木の葉のようなものであることを知ろう。お前も、ジェームズ・キャメロン監督の映画『TITANIC』(本当は『OLYNMPIC』)のデッキ（舞台）に登場するピッツバーグの鉄鋼王、ローズに喰い逃げされたキャル(Cal → calculation 計算)・ホックリーだ、ローズをも掴む溺れる牧師だ。

「裏を見せ　表を見せて　散る紅葉」(良寛)

いまわたしたちを乗せた大きな器＝「シャボン玉地球号」が、陰謀説を真実だと仮定すれば、本文第1章の「第1葉　ジャッキ　上る陽に染まるバラ」に刻んだ訳であるが、「夢の船」＝Titanic（双眼鏡なき処女航海）に偽装され、ＪＰモルガン（出航直前にキャンセルした悪い資本家＝ロスチャイルド代理人＝「人格化された資本」〈マルクス〉沈没の翌１９１３年に死去）・イズメイ（ホワイトスターライン社長）等によって保険金とＦＲＢ創設目当てに１９１２年4月15日に氷山に突撃させられ冷海水を浴びせられた事故船Olympic号（ボイラー室の石炭炉にこびり付いた脂《やに》・蒸氣の発動機・計器と船尾のスクリュウにはペンキ塗りたての偽装不可）のように、ＤＳ（Deep States）によって夢のｍＲＮＡワクチンとレプリコンワクチン（コスタイベ筋注〈成分「ザポメラン」〉）に射撃され人口削減後、５Ｇによる人間牧場という名の器に化そうとしている。この日没6時間後に沈没する大枠の大器の中、ブリューゲルの農民の小劇場が一幅に総合された絵画のようなデッキ階層の立体的劇場船の中、そこで繰り広げられているのが、今まで通りの生活の慣性的延長における愚かな内ゲバ＝中器の対立が、心の松果体（ベルサイユ宮殿風階段の瀬戸物の装飾＝恋に敗れたCalがジャックを撃とうとして誤射し、割った後それを踏んで滑る）＝真実の愛vs.ルイ16世の「碧洋の宝石」、ブルジョアvs.プロレタリア、王子と乞食（『嵐が丘』のリントンvs.ヒースクリフ）、上階の仮面舞踏会vs.下階の真顔のパーティ、さらにブランデーvs.黒ビール、船長・設計士（アンドリュウ）・良心的船員・胸に信念の宝石を持つ主人公ジャック（Jack＝ジャッキ＝Roseをコーチングし持ちあげるジャッキ）＆17

歳のローズ（Rose＝ジャックのジャッキで人間的に向上＝Rose）vs.邪悪な船員・ホックリー鋼鉄王・船会社（ホワイトスターﾞ）の社長イズメイ・金と宝石で愛を得ようとするCaldonであり、小器の対立が金持ちの貴婦人同士・貧乏な三等船客同士、そして微細な器内における丸鏡に写されるローズの葛藤（鉄鋼王キャル・ホックリーのフィアンセvs.貧乏画家ジャック・ドーソンの新妻）、安全（十分な救命ボート数）vs.美観、そのデッキ上で一等乗客少年が回す独楽（top）のような動揺（move around/move up and down vs. move along）である。

氷山に掠られ、沈没の緊急事態を知らせる打ち上げ花火のように、儚《はかな》い命、救命ボート乗船は差別されるけれども、金持ちも貧乏人も、いま命は風前の灯。“making count（「いまを大切に」）”4月とはいえ、壊れた器＝沈没船が被る海水、転覆（＝転換＝感知「転」幅させた、氷山の浮かぶ大西洋の海水、フォッサマグナのように2つに折れた船から投げ落とされた乗客の、その皮膚を「ナイフのように刺す」尖った器＝深夜の氷点の海水のように、打った人の体内で増殖し続けるスパイクタンパク（0・1㎛、細胞は10㎛）と尖った酸化グラフェン（厚さ1nm）は、毛細血管をいずれ詰まらせる。一生の不覚の高齢者はともかく、ジャックやローズのような若者を不妊に誘い未来も奪い水泡に帰す多生の不覚。もはや、救命胴衣＝イヴェルメクチン（大村智開発、万能薬）・タキシフォリン・ヨモギ・梅干し・ヴィタミンDやCは、余り役立たないのかもしれない。わたしたちの詩・文学も、船上の最後の葬送曲「主よ、御許に近づかん♪」の弦楽四重奏・牧師の説教のようなものかもしれない。しかし、「こなごなに砕かれた鏡の上にも」（覚和歌子）、生まれ変わったローズ（＝「新しい景色」）が映され、１９１２年4月14日の池（Liverpool）のように静かな大西洋（pond）の海面に、救助船「新しい」船＝「景色」＝カルパチア号が「映される」ように、朝日が映されるかもしれない。

　わたしたちは、姉妹船 Olympic と海底に弦楽四重奏「主よ、御許《みもと》に近づかん♪」に見送られ潔く沈んだ反ＦＲＢ・反ロスチャイルド銀行券のグッゲン・ハイム紳士（アラスカ金鉱ではロスチャイルドの傘下にあったが、良い資本家）のように無抵抗ではなく、広く知的に Olympic 号に乗せられているという真相を暴き、勇氣をもって愛の非暴力・非不服従の知行合一の抵抗をし、これ以上のワクチン氷山への激突を避け、一人でもジャックのみならず三等船を含む多くの凍死寸前の乗客に向かって一船でも多くの救命ボートを漕ぎ続け、このかけがえのない地球とその乗客を死守しなければならない。"Is there anyone who is alive?"

＊知行合一

　正しい愛器知（命環想）、善行は生命第一・自分を包む大器（環境）・広狭の知識知恵想像力（パースペクティヴ）が支える。いまは、あいきちを胸に自立しＩＨＲ(International

Health Regulation）反対・ワクチン反対・被害者救援に走るメロスになろう！

そのためには、宮沢賢治の「雨ニモマケズ」（モデルは斎藤宗次郎牧師）のように愛と知を秘める「丈夫な体」＝器（不安を克服する実在）を「持ち」続けなければならない。その器が内に宿す愛で、肉体＝器を動かし稲を刈る人を手助けし、人智を超えた知をもて、霊界に他界する人に「怖がらなくてもいいと言」うために。

実践的に愛器知を尋ね、忖度抜きに知行合一で現代的課題に取組み、振り返ってはさらに伸びる愛器知を尋ねるわたしたち。しかし、この自力本願に反して、わたしたちは主体の愛を客体の慈母観音、主体の器を客体の阿弥陀の掌《てのひら》（許容する入れ物）に求め、主体の知を客体の文殊菩薩に求めたい。さらに愛は中心の太陽、器は寛容な大地、知は外延の宇宙のように深く大きく広く。三氣（氣の力）の愛器知を相互に繋ぐのが知であり、この知を知行合一《ちこうごういつ》（知ることは立ち上がること、行動は知ること。cf.「先知後行」）の実践へ駆り立てるのが再び愛＝他愛であり、實らせるのが、「**心技体**」（精神・技術・体格＝健康＝体力〈「雨にも負けぬ丈夫な体」〉）であろう。

最も深い愛の知行合一を十字架で開演した人はイエスであり、特攻隊員であった。それは神がかっていた。真空管ラジオから流れた鶴田浩二「同期の桜」のセリフ＝特攻の愛国心の亡びの美学を胸にひめた団塊世代に向かって、いとも簡単にTV報道で、ヴェトナム反戦の羽田弁天橋で演じた人が山崎博昭であった。この世代の全共闘の心の底には、受験勉強の競争に自己嫌悪に疲れ協奏の愛への飢えがあり、理論武装出来ていない全共闘を屁理屈で引っ張る共産主義者という名の悪魔への反発があった（1969年法政大学での全学連大会開催時に隣の靖国の夏祭りに皆で行ったら、中執が苦情を呈した。愛の特攻隊を犬死にさせまいとして運動に参加しているのではないのか？　このとき早々に、全共闘は、私有と銃を否定し自由無き人間牧場を建設せんとするマルクス＝ロスチャイルド共産主義とは、反貪欲資本主義・福祉政策は参考にしつつも、決別すべきであった。そもそも、安田講堂攻防戦には、三島を呼ぶべきであり、ロスチャイルド一族の悪魔マルクスを呼び込むべきではなかった）。だから、安田講堂攻防戦に共感し、後の三島由紀夫の割腹に対する「先を越された」（滝田修）という言葉に共鳴したのではないだろうか。共鳴はすれども、各自には各自の愛器知の深大広《しんだいこう》がある。自分は、どこまで愛の行動の深さまで頑張れるのだろうか？

＊愛の尋

そもそも、愛の原点は自愛＝他愛である。自愛とは？　それは自分とは何か＝ＩＤ（自己同一化）の自己省察であり、愛器知のアイのＩＤは、縦糸のＤＮＡ＋横糸のmeme《ミーム》（文化遺伝子＋共時的社会）の総合である。だから、自愛はＤＮＡと関わるルーツ＝ご先祖、他愛はmemeを史的かつ社会的に知り大切にし、これらに根を拡張することである。このように知ることとは、良きにつけ悪しきにつけ、ご先祖・肉親、特に兄弟姉妹を大きな器＝袋で抱え込むことである。愛器知の実践的膨張は、「愛」の「感」性が蝋燭となって「知」に明かりを灯し、同時並行的にポジティヴ「感知転幅（感性・知識・転換・震幅）」を伴う。つまり、知の営み（情報収集・情報処理・情報活用）と底流の愛と相互作用し心技体を媒介にする知行合一によって、自分の悪しきを感じとり直観的に反省、改善し器（人物の幅）を大きくすることでもある。愛の力が、己をそこに安易に停滞させようとするネガティヴ「慣痴点伏（慣性・痴呆・一点・俯伏《ふふく》）」から脱皮させる。「愛を深くするための改善はさらに器＝自分の殻＝狭い知の次元（パースペクティヴ）を超え脱皮（転）、自分を転換することを求めてくる。それこそ、「天上天下唯我独」愛であろう。

Don't be deceived. かけがえのない我よ、たとえ自分の人類的次元の理解力を超えた事象が出現しようとも、高い次元に「転」じ正しい真実の情報に基づく知を持とう。そして、自分の愛（善意）と器（許容力）を製薬会社・医師などの医産複合体やマスコミ・行政等に洗脳された間違った知でもって誤用し死へ地獄へと向かう行為（例えば、毒ワクチンを愛児に打たせる等）をすることなかれ！　また、せっかくの器用を誤用することなかれ！愛器知は、生へと向かう実践、memeと関わる知行合一によって平和な福祉社会を築く。寛容で情け深い愛は『新約聖書』「コリントⅠ」第13章にあるように最も大切で永遠なものであり、知には不完全で時代によって移り変わる限界がある。しかし、正しい知なくして、正しい愛は存在しない。「眼の見えない人が眼の見えない人を導けば、二人とも穴に落ちる。」

　三氣の愛器知が揃ってこそ、心技体の「哀・機・知」を媒介にした正しい知行合一が可能になる。「行」動は、不快であっても深い「哀」の心を伴う愛を内包する「器」、正義と善の「血（使命の十字架）」を伴い、この覚悟の知の「技」術を内包する「器」、「運を天に任せ」待「機」できる「急がば回れ」で衣食住に氣を付けその「技」を鍛えた「丈夫な体」と「心」＝大「器」を持ってこそ現実的に可能になる。

　例えば、反戦運動について、知によって「分断統治」と操々（操善操悪、cf.「勧懲」）を見抜き、現状の上位のその操作による下位のA、B2つの民族の対立＝A憎伏痴《ぞうふくち》vs.B憎伏痴を、思いの愛器知（哀機血）と実践の心技体が、愛器知vs.憎伏痴に転じ、愛器知vs.愛器知の人類の平安に導く可能性が見えて来る。「言うは易く、行うは難《かた》し」ではあるが、今も日本民族には大東亜共栄圏が目指したような愛器知によるアジア解放の使命が課されている。ネガティヴに、憎は膿のように臭く騒霊のように煩《うるさ》く、伏は貝のように硬く閉じ、痴はお花畑の穴倉の土竜《もぐら》のように、目障りな視覚情報を閉ざすのではなく、日本民族は、ポジティヴに、ノイズにも感度良好のアンテナを持って、深い愛で広げ受け容れる大きな器＝大風呂敷を持とう。「敬天愛人」、主体が敬うべき客体の天の器は、既に大きい。そのことを主体の知が掴《つか》ませる。アイデンティティ、即ちわたしたち一人一人を霊止《ひと》（人、客体の人体＝死滅すべき器に永久不滅の霊が泊まっているのが人）たらしむる個性となるべき主体的な愛器知三位一体の知は言の葉となり、愛（情）の熱に衝《つ》き動かされて器から泉のように溢れ出る詩を作らせる。零《こぼ》れた詩は、逆に愛器知ともなるアイデンティティを潤し豊かにする。

＊愛器知道中

本詩集は、それらの深大広を持つ大日如来に圧倒され、彼女の膝の上で自己の浅小狭を自覚し、凡夫・愚者たるを悟りながらも志を立て歩一歩と愛をイエスに、器を空海に、知を釈迦に学びつつ、「心高身低《しんこうしんてい》」（廣瀬淡窓家の額）、「悪人正機」（親鸞）で精進し続け、今日まで生きて来た愛器知道中を詠った記録である。

主体の愛はＤＮＡに、主体の器はmeme（文化遺伝子）に、主体の知は愛と器の絆（十八界）に繋がっている。

史上の全70葉の詩と65板の和歌・川柳和歌と約１６２札の俳句・川柳と3板札の俳句調和歌は、愛と器と知を求め讃え詠って来た。詩は心を豊かに膨らませて来た。愛器知は、人の世と人生を豊かに幸福にする三位（氣）一体の三種の神器である。三つを偉大にする原動力は愛の基地から立ち上がる愛の炎であり、それが堅固に焼く土器は、知という水を愛によって温める。

良き三氣が同時に相互に作用し合わなければ、人の世と人生は貧しく不幸になってしまう。パースペクティヴの広い六境の世、他者、大地を六根で正しく知る六識、つまり十八界の正しい知なければ、八百屋お七の恋慕のように愛も快楽依存症と相乗して変質(偏執)者をこの世界に生む。

「真の知恵は、愛と共に生まれる」「愛と知恵をもって我々は未来を築ける」

(Steiner Rudolf)

しかも、主体の愛と器は贋悪醜《がんあくしゅう》ではなく真善美《しんぜんび》を備えた知、「価値」自由の知に基づくものであれ。そのような知による主体の器は、客体の器世界を正直に謙虚に認識し、他力本願を心得るものであれ。

愛と器と知の三氣は相《あい》働きかけ合う。愛の情熱は、これらの愛自身を含む三つの相互作用のエンジン。この熱は、愛深く器大きく知広くする。逆に、愛深くなれば、この熱は高くなる。この高熱は、大きくなる器、広くなる知によって、さらに愛を深くする。時には、現世の知の壁を溶かし、霊界を覗かせる。

「虚實《きょじつ》皮膜《ひにく》」(近松門左衛門)。霊界を垣間見た知は、イエスの受苦のような熱、愛に生死を超える光熱を授ける。尋「愛器知」、愛深き器大きき知広きを尋ねよ「求めよ、さらば与えられん」。また、フィクション=虚が迫真に迫るノンフィクション=實を教える。キャメロンの映画『TITANIC』のように。

本詩集は、愛浅き・器小さき・知狭き者が、愛の深きを、その深耕のために、薄っぺらな自愛心を捨てんとしながら、器の大きと知の広きとを、十牛図のように尋ね、オーケストラの指揮者＝大日如来の光を受け、その遥か遠くの希望の光を目指して、愛器知を囲む円周を水母《くらげ》のように大きくし、その丸の小さき、愛の底浅き自分と人々を見守り愛し許し続けんとし、お互いに光を目指して叱咤激励、鼓舞し自己満足的に努力した生涯の結晶、森に波打つ愛器知交響曲、その玉手箱（初演奏のオルゴール）であり、その箱の中には立ち上っては消える煙のように、生えては紅葉し散り逝く一葉一葉の詩が詰まっていて、この擬態は蝶に変態し、開ければ各森のテーマ曲に吹かれながら、一蝶一蝶が舞い上がる。

自称詩人、縄文杉太郎のその生涯は、知狭き未熟者の廉《かど》ゆえに愛を扮したロスチャイルド閨閥《けいばつ》などの赤（共産主義）に騙され、続いて緑（環境主義）に心酔させられ白（白衣のロックフェラー人口削減医療）に誘われた半生（綾小路杉まろ）を、反省し白け「転」向してこの詐欺の赤と緑と白を脱色し、栗色（縄文主義）の和紙に滲むぼかしの黒が描く水墨画の老境に入る道程である。真実の愛を尋ねつつ、精神現象の十八界（６６６＝六根＋六境＋六識）の六根を研ぎ澄まし（＝「六根清浄♪」＝「どっこいしょ♪」）、「感」受し、「知」を探し、生き方を創意工夫し、成長のための脱皮＝「転」換を図り、自分の殻＝器の「幅」を大きくし、このような「感知転幅」のヴェクトルをもって、愛を深いものにしようとし、上り下りして来た山河の山道であり、街路である。

ちなみに、マルキシズムは唯物論と物象化論、それを視点に生産手段の共有化を基にした計画的統制経済によって、アイデンティティと自由と愛を人民から奪うロスチャイルド的悪魔教である。

アイデンティティとは、霊的物理的に自分のＤＮＡとミームと新陳代謝物とを我が物とし私有することである。マルキシズムにおける生産手段の共有化は、その新陳代謝の基本となる農地・家屋等の私有を否定することによって、アイデンティティ・個性的自由・霊性を奪う。マルクス経済学は、物象化論によって人為的制度的貨幣創出や厚生経済学の愛を否定する。

愛は血の「合い」通う命の赤、器は空葉《うつは》の包む緑、命輝く緑、知は明白さが氣づかせる白、死を知る。補色の愛と器とを混ぜれば墨絵の黒。愛、燃える赤が緑へ、キャンバスの器が大きくなり、遊泳しながら開く水母のように知のパースペクティヴが広くなるに連れて、清濁どんな色もどんな大小の円も描き込んで塗れる白へ、遠景は薄墨色の大地、鳥の飛ぶぼかしの山河。

この生涯、「尋」性成仏の詩と歌の言葉の意味を読者に理解して頂きたくて、小さな活字で、それらの詩歌を噴き出した背景、つまり胸の房に溜まり空氣圧となった詩情・物語を、折々の詩歌を書き連ねる直前に、解説する。水母《くらげ》のように、説いては、詩や歌を綴り、綴っては説く。呼吸するように、思いの氣を溜めては体を広げ噴出し、噴出しては体を窄《すぼ》め溜めて、わたしは、今日まで生きて来た。

これより、葉・板・札を持って入る森、この拙いわたしの文学的な子＝詩歌の木霊《こだま》する三森の愛器知道中に白秋の「落葉松」の林に入るように足を踏み入れてみて下され。

目次

凡例：

構成の章立ての名称について、巻を「森《しん》」、編を「林《りん》」、章を「木《もく》」、節を「枝《し》」、項を「葉《よう》」（詩）、「板《ばん》」（短歌）、「札《さつ》」（俳句）、「板札《ばんさつ》」（五七七調の俳句調和歌）、序を「芽」、結を「根」と表現する。項の葉、板、札、板札には、それぞれ、章立てに無関係に、通し番号を付ける。

字体について、第1愛、2器、3知の森は明朝体に、通常の和歌・俳句の内、印象付けたいものは、日本文化に相応しい行書体にした。

詩集名「愛器知」を「羊頭」にし、3つの森、2つの林にしたが、「狗肉」になるのも厭わず、森の中に第3の林「詞」を付け加え、詩集+和歌&俳句「愛器知」とした。「詞」は、「愛器知」の詩を、「縮み志向」の和の文化たる和歌と俳句とで、縷縷綿綿《るるめんめん》と補足するものである。

3つの森は、テーマ曲、ミュージック、音の神ミューズの歌曲を持つ。

詩よ　汝に無の力を施すもの　これは　曼陀羅を回す彷徨える魂
ある青年が　無を力に　和のミームを支えに
煉獄から抜け出す様子を描いた70葉・65板・162札・3板札の詩集である。

詩集　愛器知？

――深く大きく広く

第1森　愛の森

第1板　愛深き　森に勇めば　器知もまた
　　　　　　　　　　　　　　死命を超えた　使命に肥ゆる

イエス＝親鸞、愛を求める赤い血の種族を勇持て愛せ、憎しみを求め餌にする蒼い血の種族を勇持て赦すな。

芽　愛の森に入る

愛の森は、思いやりの良い波動によって繁茂し肥大化しつつある器と知の森によって、深い森になる。

第1の森の登山口の高い樹。散策の前に、天に向かって登った樹上からは、第1の森が見下ろせる。その森の周りには、第2の器の森、第3の知の森が茂る。そして、これら「毛」のようにガイアの地球体から生えている木々と一葉一葉が織り成す愛器知の三つの森の中には、木々に囲まれた歌の板碑と句の札碑が控えている。この盆栽のように圧縮した和歌（板）と俳句（札）は、薄い残照の森を、愛の森の木の葉を彩《いろど》っている。

第1の愛の森は、第2、第3の森の生育の起動力（エンジン）となって、森に響く愛と哀の歌、それを構成する林は愛いと高きからいと低きへ、哀へと、木々を並べる。

森のテーマ曲は、それぞれの森が断片的であっても、総合すれば詩人の恥多き生涯のオーケストラとなっている。第1の森のテーマ曲は、NZマオリのロトルア湖を器（舞台）にした合い（恋愛）歌「ポカレカレアナ♪〈YouTube〉」（ウェリントン・ミュージアム1988年9月、ウェリントンで拝聴）であり、NZのシンガーソングライター＝Dave Dobbyn のパイクリヴァー炭鉱の29人の犠牲者を追悼する（「安らかにお眠り下さい “rest in peace”」）哀歌 “This Love ♪〈YouTube〉” である（The bottom of Dave's heart is with the ones of 29ers' parents. This love is also with Kiwis' tears. Thank Dave Dobbyn, orchestra and chorus group. Remember the Pike River 29ers [Jomon Sugitaro].）。

ＤＮＡから湧いて茂った第1の愛の森は、第3の知の森によって、第2の meme の器の森へ繋がれる。愛の森の「感」（感受）が、「感知転幅」のエンジンとなり、知の繋ぐ3つの森の出入りが、相互に愛と器とを深く大きく茂らせるに連れ、逆に知を広くし、違う個性の愛器知の森を認め、異種の木々を移植し、多様性を受け入れ求める。「みんなちがって、みんないい」（金子みすゞ）

第1林　合いの詩

粒子の良い波動の漲《みなぎ》る詩は、現世の共感・共振・共鳴、前世・ご先祖と合わさる心、合いの歌、来世・子孫への希望の光、真実の多界に通ずる道の歌である。独り言さえ、この道中に発声されていれば、胸のどこかに共感を呼ぶこともある。他方、悪い詩は無神論の独楽のような独唱、あるいは自分を偽った忖度《そんたく》の歌であろう。

怨は隠を経て恩へ、愛へ。愛、いと高く。愛は聖と俗の目合《まぐわ》い、霊的な和合・アガペーと肉体的な愛欲・エロスの混合。この林中では、水のように、その高きから低きへ、良きから悪しきに愛を歌おう。

第1木　合い、祈

第2板　水な潟の　寺に刈られし　鹿の子百合
　　　　花咲かしめむ　命枯るとも

良い詩は、共感・共振・共鳴の心、愛の歌、あるいは真実の歌である。悪い詩は、独楽のような独唱、あるいは忖度《そんたく》の歌である。しかし、独り言が時に共感を呼ぶこともある。

愛を歌う残照に花一輪、灯明1本。「わたしはどれだけ外灯をつけられるだろうか」（相田みつを)。

愛は、和合、和平の祈り。２０２５年は、原爆から80年。息《い》の霊《ち》と「崩れぬ平和を返せ」。

第１枝　息《い》の霊《ち》

草木の花、人の親は、それらの形状（肉体）＝器のＤＮＡを媒介に、種子や子に息の霊宿す。人の思いは、親子・恋人・師弟等の愛し愛される人の心＝知に息の霊宿す。

第１葉　Jack の jack　Rose を rose

ジャッキが　沈んだジャックの愛のバラを上げる　夜明けの陽に染めながら
叙事詩　短編愛器知物語『TITANIC』（米映画、written and directed by James Cameron）
寂滅　富士山よりも深い物言わぬ海底の闇に　愛を見つけ語る潜水艦の碧い光
丈夫な船　その神話　不沈ジンクスを　ひっくり返したアイスバーグ　非情な無常
ジャックを一目ぼれさせた蓬色のワンピースのローズ
ジャック　船上初婚の新郎亡き後　再婚カルバート（12使徒 Bartholomew）未亡人
上空から　百歳11か月のローズ　青い目で同じ薄緑色の衣装を着て
乗船　このロシア潜水艦の母船に　孫娘とヘリコプターで下りる　直下に眠る船

上演開始　モノクロの幽霊船は天然色に　老ローズの朗少女ローズへの回想 raw
ジュリエットのように純粋な乙女心とジャックの魂を84年間も灯し続けたローズ
乗船者ジャック　彼がローズに託した息《い》の霊《ち》　宝石に勝る至宝の知と愛

ジャック　乗船約5分前の春の日が差すバーでポーカー・フェイス
ジャックナイフと乗船チケットと懐中時計が　出航直前に賭けられた
乗船チケットはJack has been got by God to meet Rose. ジャックへの贈り物
ジャケット　ナイフは救命胴衣姿の友ファブリッツオにボートのロープを切らせる
常時携帯　懐中時計　時々刻々「今を大切に」！　一連賢明　一恋懸命　常世の命
ジャックの懐中時計は　愛と命の炎を鼓動する　刻一刻を知らせる　ローズの記録

Jack has his Rose, not Jill. "Jack has his own Jill."
Jill　大半の少女は「慣痴点伏《かんちてんぷく》（「慣」性で「痴」呆的に「点」の井戸で器を「伏」せて生きる）」
Jack Dawson のこの Rose は「感知転幅《かんちてんぷく》（感性知性転換広い幅）」自分をChange（転）
柔軟　ローズは自由度の高い17歳　flexible Rose　小器に収まらず上がる少女
Jack　大半の少年もJill的　But この Jack はジャッキ（起重機）　夜明けの子（dawson）
Jack も Rose も　愛器知　愛深く器大きく知広き少年少女

ジャンプして　降ろされるボートから再乗船するローズ　知行合一の愛
ジャックのポーカー・フェイスを見破った「溝の鼠の雌馬」（キャル）　新婦ローズ
上下のデッキから　２人は彗星の如く走り　宮殿風階段の松果体前で　再会
純愛　Rose は Stupid Horse　Jack は Horse Guard of Rose　幸福な善行
銃撃　失恋キャル(Calculation の Cal の王様 don で Caldon)の銃弾　降伏せぬ悪あがき
銃弾は松果体（イエス、メラトニン分泌）に　駆降り追跡徒競走で破片に滑るキャル
自縄自縛　喰い逃げされたプア・キャル

昇華　憎悪の炎を消化し脚を屈伸させローズと凍てつく海面に上昇するジャック
「人生一路♪」（石本美由紀）　海の寒さに「耐えて」「試練に身をさら」す

Join the party of "TITANIC."　打上げＣＱＤ花火のように儚い宴
自由の女神　自由なアメリカ　American dream　夢の玄関ニューヨークへ向かって
Job great job　２人がオ「ジャマした」　ボイラー室で石炭をくべる労働者を労い
時間を刻め　ブルジョア・モルガンの非情の大時間の中のジャックの小友情と恋情《れんじょう》

重　二重の眼　Titanicと騙される即自的な眼　Olympicだと掴《つか》む対自的な眼
ジョン・J・アスター　コズモ・ゴードン　グッゲンハイム　モリー・ブラウン
「人格化された資本」（マルクス）キャルに非ざる紳士淑女の品格をもった資本家と
重曹入りシャンペーンをブルジョアジーと貧乏人の心を分かち合いながら飲もう
重曹が膨らませたパン　焼きたてをジャックにも食べさせた職人のウヰスキーも
自尊心の薄さから愛もカネで買いたい　計算高いMr.キャル貪《ドン》・ホックリーとも
自戒自省　彼と呼応する貪《どん》＝「今だけカネ（貝）だけ自分だけ」のわが心を反省しつつ
蒸留酒　ブランデー　スコッチウヰスキーも飲もう　肴はキャビア　クラッカー
ジュースも　磁器ノリタケチャイナに注いだ船長のレモンティー　朝のコーヒーも
時々刻々　酔狂　至極の観賞　君も一緒に　“make it count”
「人生は贈り物（taonga）　無駄にしたくない」（ジャック、13日night dinner）

熟成した麦の発酵酒を「失うべき何物」かの無きこと無きプロレタリアと飲もう
冗談で　潜水艦長の上等の葉巻　ジャックの安煙草も飲む「東京キッド♪」（ひばり）
Jokerを引いて「カチンときて」もjolly　ニコチンを吸いながらJokeを飛ばし
ジンと来る儚く切ない人生を　マスクなしでしみじみと語り

ジャムも付いてない粗挽きの茶色いブレッドやジャガイモを食い
ジョッキのビールを飲み干し　アイルランド音楽も「美しく青きドナウ♪」も聴き
示現　アルコールや食物の中の水　その器に　愛と知が記録される
次元の低い水　不調和波動から　良き恵みと音楽に応えるわが身の水　調和波動へ
自助努力　rise more「尋牛」志向は高次元へわたしたちを「引き寄せ」る
地震か地雷か氷山か人災か　トランポリンのように振動する器　大地上で踊る

受苦・入水　自由なき人形の家への移住を強制された17歳の春　憂え投身せんと
自暴自棄のローズ　please wait Rose　ジャックの手と腕によって rose, risen

呪縛　ローズに貴族の修飾を　脱ぎ捨てさせ　裸婦　自由人に昇格させるジャッキ
自転『自転車泥棒』(伊映画) のパパも　子の愛が自転車拘泥から自転させる
自主自重の美　極限状態の愛と知　船という器の上で　生死を分かつ愛と知
Jail　ジュール窃盗の濡れ衣　手錠が濡れるジャックを船内留置所のパイプに繋ぐ
錠　その鎖を　鉞《まさかり》で切断し　ジャックの手を解放するローズの情愛

「人生劇場♪」only five days on the deck　「両端に炎を灯した蝋燭」

12年4月10日（水）正午～4月15日2:20am　4日＋14時間余りの「処女」航海
10日（水）サウサンプトン港　2人が乗船　左舷後部海上2排水口からバラスト水
ジャックは「夢の船」に　ローズは婚約者キャルが鎖で繋ぐ「奴隷船」に乗船

11日（木）南のシェルブール（仏）北西のコーヴ（愛蘭）に寄港　大西洋へ

12日（金）お昼～4月15日（月）2:30am「短くも美しく燃え」た2人
入水未遂　12日夜　ジャック　rose　ローズ　at the back of the ship
ジャンプ「飛び込むときは一緒……君を見守っていたい」（ジャック）
　Jack fell in Love Friday day（昼）Night stopped falling down at the back
ジャンプ　ダウン　船底から

Just in Time
ジャンプ　アップ　ジャックの手で転轍
Jump ローズ　船尾からの消灯ジャンプでも　貴婦人への上昇ジャンプでもなく
ジャンプ・ダウンが　人間的アップになるような　飛躍「転」change

13日（土）Jack & Rose walk around the deck, night dinner and party
樹木　ポプラに見立てた柱を回る　人民が手を繋ぎ　曲に合わせて
自由を踊る　下層の「サーカス小屋」「今夜ここでの一《ひ》と股盛《さか》り」［中也］
ジャックの友ファブリッツオも　乗船回廊で見染められた女性（船尾で落下）と踊る
サターン・デイ　キャルのスパイ（ラヴ・ジョイ）が2人を下層デッキで見張る

14日（日）Sunny day 朝　邪宗化された1等船客のナイトクラブ室教会の讃美歌
ジャック　夕方　the front でローズと再会 恋の炎が grow 大西洋の eveningglow
Jack and Rose "Go On" to fly in the air over the head of "Ship of Dream"
「ジョセフィーン　空飛ぶマシーンで僕の所へ♪」

純白のカンバスに　碧洋の青だけを纏った　ローズが描かれる　結婚写真
写生　with　ジュール(ロス茶略奪のルイ16世形見)&　進行　2人の船内逃走駆け落ち
純白　菫色のウェディングドレスと茶の燕尾服が　ボイラーの炎の下を走り抜け
純情はT型フォードに乗って　星空へ　新郎 "Where to Miss ?"　新婦 "Stars."
衝突　11:40pm　"going down by the head"（キャプテン）

受難の転覆　氷山がOlympic号船腹右舷を掠《かす》る
状態は　極限へ　ボートの争奪戦　重く厳しい愛器知の知行合一の一大試練
神話　不沈神話の崩壊　天動説の崩壊　札束は「もう役立たん」（マードック・ウェル）
自転　地動説的沈没中に　圧縮する寿命　「諸行無常の響きあり」
Jailに走るローズ　ジャックを探す　迫る沈没　互いの声が呼応
Jewel泥棒の濡れ衣たるを2人は確認　自尊と財産優先のキャルの謀略だと
ジャック　救命ボート上の母に別れを告げたローズが助ける　船室の水位が上がる

重厚な使命　3日余りに　凝縮した死生観　船上のシェクスピアの悲喜劇
12人　使徒のような主要乗船者の死命　purpose（優先して自分が置いたこと）=mission
自失　愛児船上失踪　mum 呆然自失　花火と沈みゆく虚栄船をモリーと眺める
自室の宝物衣装喪失　愚かなママ　耳に残るローズの言葉　"Goodbye"mum.
寿命の尊さを知った諦観の名門ママ　ローズの魂に触れ気付く　愛命と見栄の優先順位
15日（月）2:18am（日本時間同日午後）missing
充電器もなく　水密室化したボイラー室から　沈没直前まで発電継続
重圧が割る船体　ホワイト・スターの夜空　1912年のDawn（夜明け→Dawson＝夜

明けの子）vs. Morgan（Morgen ＝ morning 偽りの朝）

「仁義なき戦い」　救命ボート　争奪戦　人間の本性　暴徒
Japanese gentleman MH　女性のスカートに隠れてボートに乗り込む　知略
ジャックに殴られるまで　ローズをも掴む　溺れる神父　知行不合一　「蜘蛛の糸」

縄文人がもし船員であり乗客であれば　暴徒と化さずボートギリギリの定員を乗せ
乗客　その半分は　設計士アンドリュウさんが指示したように　助命されたものを
縄文時代　１万５０００年以上　秩序を保ち続けた　ジャックのような日本列島の民
縄文人残る東北の　福島３・11人工地震と津波後の　order（秩序）を思い出そう

ジッと氷温に耐えるジャック　水中から彼女の手を摩る　縄文人的ジャック
ジリジリと迫る凍死　ジャックが乗せた破れた扉の筏上で暖を保つ　ローズ

自伝を遺した語り部　実の乗船者にとっても
自演する役者にとっても　観賞する観客にとっても
自他ともに　大小の因果綿密で　速い回転立体劇場　大転回舞台劇『TITANIC』

上映　動体視力　主人公を　視覚のカクテル効果で追ったら　次に背景にも眼を
上演　主人公と絆で結ばれた脇役にも眼を向けよう

ジェームズ・キャメロン　ピーター・ブリューゲルの絵画のような映画
重複映像　「客」と「主」の双方向カメラ　客が主に　主が客に
主ー主　相互承認の複眼レンズ　遠近画　大小画
瞬時の相互転換映像　主体を捉える客　それは霊か主イエスか対自化する主体か
乗船者へ全体映像からフォーカス　困難を極めた動体的撮影に感謝
熟した名作　立体的躍動的鼓動的な不朽の芸術　複眼に目覚めたわたしたち

尋　伸縮自由自在の大小の舞台での　愛器知のスクリーン
ジェームズ　彼の「タイタニック」は　ラヴロマンスを超えた不沈不滅の愛の映像
瞬時の個々の物語に　器＝船上の　ローズをサヴァイヴァルさせるジャックの知

蒸氣船　乞食と王女　愛と知と霊氣の物語　『嵐が丘』を乗せたデッキ　vessel
順風満帆　サウサンプトン港　鷗　ドルフィン　鼠　シェルブール　アイルランド沖
上機嫌で幸運の出航から　不機嫌で不運の“go on the head (into the iceberg)”

静寂な池　大西洋上のロック　氷の岩　ナイトクラブのオンザロックのウヰスキー
磁石　船＝器＝舞台上で霊的に丘の2人の怨を恩に換えてsteam引き付け合う2人
ジャックはリヴァプールの孤児ヒースクリフ　ローズは丘の豪邸の令嬢キャシー

定離《じょうり》　ジャックの墓なき水葬　儚《はかな》い船上のたった3日間の「会者定離《えしゃ》」
浄土「常若《とこわか》の国（ティル・ナ・ノーグ）」　ケルトの海底の桃源郷へ
邪念なきJack の使命 貪欲なキャルドン like Cain（CAIN の TIT〈馬鹿〉← TITANIC）
Jump and fly with Jack to change yourself on the head of the Olympic, Rose.

自立　ジャッキに応えて自我自尊自立　持ち上がったRose
ジレンマ　ジャックかキャルやママか　人間か人形か　自由人か奴隷か
ジレンマ　その板挟みから脱出　超越させる選択
人生の岐路　ジャックの手か船尾でジャンプ・ダウンか　船首で再会か否か
仁愛と信念　ジャックの力　真の愛器知を秘めた貧乏画家の力
蛇　大小の蛇行　オリンピックと「タイタニック」

時間　マトリックス的な大小2重の時間　夢か現《うつつ》か　現か夢か
蛇　大きな蛇行　大きな時間　オリンピック号のコサインカーヴが時を刻み行く
蛇　大蛇の上の　無恥な鬼　氷山との遭遇　遭難　真っ逆さまに　沈没　下向曲線
12年4月15日（月）2:30am　富士山の高さ以上に潜水し幽霊船となる

ジェームズの映画のオープニング　潜水カメラが幽霊船の無常を映す深海魚
「盛者必衰《じょうしゃひっすい》の理《ことわり》」　船内の仮面・ブーツ・瓶・眼鏡・デッキ・手摺・金庫・扉……
ジェルジッド『田園交響曲』のジャックは「目のなき魚」（牧水）ジェルを恋したが
ジェームズ監督は映像でジェルが眼を明け人間のマスクを剥がして見る本性を暗示
ジャック『TITANIC』の彼は救命ボートを待つ人々と「死に」ボート上の「罪は生き」る

蛇　小さな蛇行　小さな時間　「タイタニック」のサインカーヴが時を刻み行く
蛇　小蛇の上の　無知な仏　日没の爽快　壮快　正に浮上　船上の上向曲線
蛇　「脱皮できない蛇は亡ぶ」（ニーチェ）
Judgement (conspiracy to wreck) becomes wrong judgement to run into the iceberg

蛇　交尾し夢と現の絡み合う大小の蛇　２蛇に跨るジャックとローズ
Judgement (Jump away to free) keeps the right

ジャック（Jack）　愛するローズ（Rose）の胸のハート型の青い宝石
ジャッキ（Jack）　愛に惑う一輪の薔薇（Rose）を持ち上げた男の太い腕
Jackknife　ジャックが愛の真と偽を裁断さた問い　"Do you love him?"
Jack annoyed her　Because Rose does not love Caldon
受信したＣＱＤ（ＳＯＳ）カルパチア号の駆けつけた夜明け
純毛のスカーフ　太陽にくるまれて
循環し始めるローズが受け継いだジャックの血脈

ジュール「獣類」キャル（Cal＝計算）の「碧洋の宝石《ハート》」か
ジュール「虫害」にされたジャックの「ノアの宝船《ほうせん》（鳩）」か

勝者　真実の愛の勝者　ジャック
受理　自主的に運命を受け容れ　最善を尽くす　ジャック
『シェーン』　西部劇の仁徳満ちる彼のようにクール　舞台から去りゆくジャック

Jack and Shane, Come Back!　But, Gone with the Water.

終盤のデッキ上のオリンピック競走のような象徴的映像
ジャックを狙って　ローズを奪い合い　誤射し　身代わりの瀬戸物を割ったキャル
重病　重体　金銭依存症　ビジネス計算固執病のキャルドン
Joy Love　But Guard Lovejoy loves hate and a gun.

渋顔《じゅうがん》　重態で　重装備の仮面か
潤顔《じゅんがん》　純で順調　重要な素顔か

重々　従属　or　自立　Move　around
自由　or　牧場
躊躇　中立　or　紐帯　Hesitate
少々　優柔不断　勇敢　or　有閑　Wonder

十杯の上階の上流の爛熟のブランドワインや蒸留ブランデーか
十杯の情感の未熟な乱痴氣の芳醇黒ビールか

巡行「慣痴点伏」から「感知転幅」へ
瞬間　この瞬間を心に写せ心に刻め　"Make It Count."
従順な孔雀のローズから
柔軟な受苦のローズへ

重量ある新夫婦二人共は浮かばせられない　オリンピック競技から外れた古い戸板
ジョセフィーンのように高く舞うローズ
常軌を逸して　クレイジーな乱調の空へ飛べ
「ジョセフィーン　ぼくの空飛ぶ機器に乗って（Josephine, In My Flying Machine）
Jump ♪」

寂　静寂　氷点の扉の筏から
ジャックの血流止まり凍結した右手から　ローズは手を振り解く
ジャックとローズの身　手と手の絆は断切られ
ジャックの凍った手　ドアを叩く　コッツ　"Knock, and it shall be opened unto" Rose.
ジャック離れゆく　戸板上のローズに凍り付いた手から　鎮魂の水葬　愛の氷葬

Jesus「主よ　御許に近づかん♪」
十字架のように重い　ローズを　船上で　さらに海上で背負うジャック

ジャックの十字架＝ジャッキに　海中に吸い込まれた身を浮上してもらえたローズ
自助努力　スコット牧師（『ポセイドン・アドベンチャー』）のように諦めないジャック
巡視する救命ボートに　ジャックの愛と自助精神を受け継いだローズは
殉死した船員の口から　もぎ取った笛を吹き
助命　宿命の天福　カルパチア号の薔薇色の夜明け＝ドー（ソ）ン
銃　野獣キャルの凶器や貪欲資本主義にも　ジョイの従順の狂氣にもめげぬ愛の銃
自由社会　反共の金鉱王夫人モリスの教える私有と自由　アイデンティティの源泉
ジョージ・オーウェルの予言　自由なき人間牧場建設拒否
柔軟な資本主義　グッゲンハイムのフィランソロピー　超貧富格差と超差別の福祉
純情　ローズの愛器知　愛は藍　器は玄《くろ》　知は思路《しろ》
純な愛　青い大西洋より深く　ウイスキーやパン焼き釜　ボイラーよりも熱く燃え
重大な器　黒いタイタニックより大きく　ホワイトスターの楽器よりも美しく響き
潤沢な知　白い星座よりも広く　松果体よりも温かく見渡す

ジャックの愛器知ジャッキで
邪鬼よ去れ
ジャックの浄霊で百歳を超え　隠界をカウントしたローズ　結婚式ドリーム
上流も下流も　差別と貧富を越えて　ジャックの友　三等船客も登場する式
ジャックとローズの結婚式　ベルサイユ階段上の　最後の夢のシーンに
ジャックの恋敵《こいがたき》　キャルの亡霊を　銃で消灯したマードックのすぐ横に呼べ
縄文のハート　それが縄文人の心
ジャックの眠る海上で　ローズの見る夢にキャルを呼べ　わたしたちもキャル
ジャックとキャルは共命鳥　モルガンは恐竜鳥
慈愛のジャック　他愛でローズを上げ
自愛だけ自分だけの自己中心のキャル　ローズをカネと宝石で人形に下げたい
ジャックとローズはイエスとマリア　その富士山よりも氣高く深い愛
ジャックの眠る舟艇に　ローズが碧洋のハートを放り落とす
ジャックの居る海底に　トレジャーハンターもハント祝賀用の葉巻を投げ落とす

尋牛の愛器知よ来たれ　愛器知　愛器知　より深く　より大きく　より広く
上昇Rise　氷上に浮上する不滅の　愛器知のバラ（Rose）
ジャッキ　やがて天動説のように　上がる16日の薔薇色の朝陽に染まるローズ

Jack Dawson　夜明けのジャッキ　Dawn の Son　星空が Down させローズを rose
Jewel ジャックの心　海上の星　ローズの胸の奥深く光る愛のダイヤモンド
Jesus の子 Jack　半人半神のイエス　人間ジャックの人徳
Jack　沈黙の15日の morning glow　愛器知 grow　深く大きく広き申し子

乗船名簿に　出航5分前にポーカーで負けたスヴェンの名はあれども　名を残さず
ジャック「地上の星♪」無名の画家　ゴッホのような愛と炎の画家
寂滅　沈静の海底へ　ローズの胸の奥深く　沈む
ジャック　さよなら　Jack　愛器知を尋ねるわたしたちみんなのジャック
ジャック　心の血の通う絆は　ローズ　そしてわたしたちとも固く結ばれ続ける
「ジャック……が私を救ってくれたの……あらゆる意味でね」（翌月で１０１歳の Rose）
時間は生涯「生き抜く約束」をした洋上の１９１２年４月15日に Rose を戻し続けた

Jack と Rose の　そしてわれわれ一人一人の "Heart will Go On ♪"

第２葉　月見草

月のない夜の　月見草 匂いと音だけがあって　漆黒が限りなく延びてゆく
鈍い　光さへない２本のレール　力強くしなって　枕木を次々に踏む音
おぼろげな　貨物列車　映像はつかめない
いま　おまえの魂は　梯子に足をかけるや　コンテナに飛び乗って
いってしまえ　いってしまえ
その中には　白骨たちの夢ばかり　わんわわんわと　カルシウムの煙りをあげて
黄昏の国　空蝉の国の遠い日々　来世の国の輪ぐるまの夢に
つきぬお祭り　白い旅芸人の酒盛りばかり　ごとんごとんゴーッシャンシャン
飛び乗った　亡者たちの速い　夜の貨車　馬車のような音
来てしまえば早すぎて　来ぬなら遅すぎる　旅立ち
早きも遅きも みんな凍って　寝静まったこの夜に
夢遊病の精は　鉄路に遊んで　宿命をガリガリ噛んで　呑んじまった
レールの伴奏　骨歌　亡霊たちの踊り
風景なき凍土　音と匂いばかりが　眼に染みる

開いた眼も　閉じた眼になるこの夜に　乙女たちの群れ　月見草の匂い
線路の足許から伝わる冷え　身が傷み　凍えるの快楽
お祭りは通り過ぎ　空蝉と黄昏のつながったこの夜に　ひとときの休息
合掌する手もとろけてしまへ　月見草
月のない夜の　月見草

第3葉　三森礼子、愛児を産ましむる
愛　夏の朝　産婆に引かれ　愛《いと》し子は　光線と氣に　いのち晒《さら》さる
器　盥のお湯
　永く感じられる陣痛を突き抜け　濡れて蒼い嬰児は
知　射し込む朝の光を知り　産室に響く産声を吐いた

　生きゆくものの発露は　母を歓びに　父を鮮やかさに誘い
この父母、二つの心と言葉を一つにし
産婆さんへの　　感謝のことばを呼び起こした
この心湧くうちに　休息と眠りを割いた　助くる婦の労は癒え　笑みがこぼれた

聖なる性は　この八月九日　暁に　吾妹を長崎のマリアにした
――長男生まれる――

第4葉　命、再点灯

燃エテ、過チヲ犯シタ後
尽キテヤミ
自虐シ続ケ不条理ヲ「怨」ミ
苦悶シ萎《シオ》レテイル全テノ人々ニ
大荒《オオアレ》地《チ》野《ノ》菊《ギク》ヲオクル

風雨ニメゲテモ
今ココニアル少シノ水土氣の「恩」ニ生カサレ
直グニ太陽ヲ目指シ
再ビ「愛」ノ炎ヲ燃ヤシ始メルコノ雑草ノヨウデアレ

第2枝　和平

愛、いと高ければ、忖度《そんたく》文学にはならぬ。命がけ、妥協、不平、愛器知を尋ねる道、その道を歩く人間の姿には、潔くかっこいいものから無様なものまで、その様態は種々雑多だけれども、文学は戦争に続く道を歩まず、戦争屋（war monger）に媚び諂《へつら》わず。かれら悪人を描き出すことはあっても。

第5葉　愛児、「消えずの火」燃えろ

　火　八月の朝の火
夏の朝の竈の火　七輪の火
小さな　小さな　ささやかな生活
生活の火を飲み込んだ　大きな　広く大きな炎

　光　まぶしい朝の川面の光　希望に満ちた光
それを打ち消すような強力な光
か弱い　薄くか弱い肌を　強く　突き刺した「ありえない光」
絶望の光線

　明かり　瀬戸内の柔らかな明かり　南向きの日向《ひなた》の街に
愛児の笑窪《えくぼ》　湯氣に指す明かり

愛犬愛猫の姿を映す明かりが立ち消えた朝
明かりが　薄明かりが必要なのに
闇に　まっ暗闇に包んだ浮遊物　人工の入道雲

風　夏の涼しい風
微かな　ほんの微かな風に　吹かれたいのに
身体を高々と　吹き飛ばし　ぶっ飛ばして
叩きつけ　串刺しにした　無慈悲な爆風
家屋を倒壊させ　家族の生身を下敷きにした強風
脱出を妨害しながら延焼させる核の逆風

音　風鈴の愛くるしい音　蝉や小鳥の啼き声
せせらぎ　金魚屋の声　豆腐屋の笛
親友の歌声　幼子のつぶやき
穏やかな　静かな　美しい音色を
　聴き続けたいのに　鼓膜を揺さぶったのは
耳に幾年月もこびり付いた濁音　重低音　高音

声　已む無き　呻き声　阿鼻叫喚
膿に集《たか》る蝿の真っ黒な群れが　低空飛行で飛び回る音

水　都の水
廣島に流るる七つの川　川さえ這って迫り来る炎
「水をください」
渇きを癒す　少しだけ　少しだけでも
ほんの一口だけでも真水を　飲みたい口に
降り込んだ　注ぎ込んでしまった
重油のように　重い　重い放射能の雨
黒い雨

匂い　土の匂い
夏の花や潮風の匂い　炊き立てのご飯や味噌汁の匂い
楽しませ満たして呉れた匂いが　火葬場の匂いに
芳《かぐわ》しい乙女や少年の肌は　蛆虫を増殖させ

蠢かせ爛《ただ》れた表皮に急変して　膿の匂い　焦土の悪臭
「屍の街」

言葉　理論武装した美辞麗句
民主主義の正義の戦争　反天皇ファシズム　反アジア侵略
軍都を口実に　マンハッタン計画の魔
無辜《むこ》に襲いかかった悪魔

命　ジェノサイドに絶たれた命
原子力の人体実験
ゴイム　家畜の屠殺
光　熱　風　炎　雨　放射線
悲しむ心を知って喜ぶ残忍なマフィア
命と絆を断ち切った原爆

雲　超人の人工雲
性善説　性悪説　本音　建前　自己中心　自己否定

日々の小さな愛憎　悲喜　善悪　正邪
これら諸々の領海を　遥か彼方に飛び超えて
超えて巨大に湧き立ったきのこ雲
　人の世のものとは思えない巨悪の入道

心理　愉快犯の心理
不正選挙とプロパガンダ
やらせ真珠湾　白い猿の小さな憎悪を
急速に増殖膨張させ総動員し
かつまた　黄色い猿山の裏切りボスも動員し
アジアの金《きん》を集金させ　勝ち誇り
ニューヨークに凱旋させて笑うサイコパス
宇宙大の禿鷹　猛毒蛇レプの邪氣

　手段　選ばれぬ手段
金儲け　人口調節　人間牧場を目的にして
人工地震　戦争　テロ　原子の火

原爆も　水爆も　小型核も　原発も
消せ　消せ　消えろ

骨　廣島中島区の焼かれた骨
炭化した口に残る焦土
痛哭《つうこく》の遺骸　灼熱地獄に肉を焦がした遺体
白い小さな骨をローラーが砕いて埋めて　整地した原爆公園に
弥山《みせん》から分けた「消えずの火」が今日も燃える
消えゆくを願いつつ燃える

火　誓いの火
あの日の生き火　生き証火《しょうか》
星野村の火を消すな
カネ　巨悪にも　国にも組織にも媚びぬ
魂の火　生命の火を消すな

火　生活の火　自立の火

自給村の囲炉裏の火を　不動明王の火焔光背《かえんこうはい》を　消すな

火　祈りの火
そよ風に揺れる火　生活の火
芳しい匂いを起こす火　鍋釜薬缶《やかん》の蓋を鳴らす火
美味しい水やお風呂を沸かす火
家庭の火　燃えろ
原爆孤児の胸にきょうも　きょうも燃えろ

火　亡き母と亡き父と孤児の「消えずの火」燃えろ
「なにも言えずに消えていった」命の火燃えろ　（孤児記す）
（初出、縄文杉太郎『八月、消えずの火』文芸社、2021年、pp.228～237、以下『八月』）

第6葉　抵抗のトンネル（一九八九・一〇・二一）
　むかし戦争があった
戦後もあった
あの時代

　時は午前、朝鮮にＢ29戦闘機が向かう
飛行機だ　飛行機だ
子供達が天を指さした
保育所の砂場

　午後、二人の子供が砂山に小さな手を埋め肘まで隠す
二人は向い合ってトンネルを開けようとしている
速イナ　速イナ　窓ノソト――

　砂山は一人が手を抜くとひび割れ、崩れた
悔しそうな顔が向い合って笑う

空は紫色に染まり、秋の陽は落ち、肌寒い
さっきまで、熟柿を啄んでいた二羽のカラスはもういない

二人の子供はまだ砂山に小さな手を埋めている

崩れても、崩れても
二人は向い合ってトンネルを開けようとしている

いまアメリカとソビエトが二人向い合ってトンネルを開けようとしている
崩れても、崩れても

こんな日に世界中のベビー・ブーマーが一人
過去の思想や至らない自分をつき崩し
生まれ変わろうとしている

崩れても、崩れても
青春はケツマヅクことだ
孤独ではない
一人ではない

むかし戦争があった
その時、おまえのイズムで描いた未来像はおぼろげで犯罪の虚像ではあっても

おまえの見たヴェトナムと内なる汚れへの抵抗は真理だった

あれは祭りのようだった
「「連帯を求めて孤立を恐れず」（谷川雁）
　力及ばずして倒れることを辞さないが
　力尽くさずしてくじけることを拒否する」

おまえの抵抗は美しく
おまえの虚像は醜い
こうして祭りは終わった
胸が痛む

だが、このような夕暮れどきではあっても
いま世界中のベビー・ブーマーが腕時計を胸のポッケにしまい
向い合ってトンネルを開けようとしている

人の世に絆よあれ、国々に倫理の輪よあれ

失われた過去の夢を
希望を吹き込んで

地球よ蘇れ
鳥の鳴かない野に
魚の棲まない川に
木々の枯れる山に
ヘドロの海に
シジフォスのようなおまえの小さな手が息吹を与えよ

塗《まみ》れても　塗れても
崩れても、崩れても
トンネルの向こうに光が見えるまで

第3枝　愛、福祉

資本主義社会の貧困は、私有を認めた資本主義内の物象化論に批判的で人為的な社会制度的福祉政策で、閨閥の貪欲による戦争は真実の情報と銃もしくはデモ等で解決されるべきであった。マルクス＝ロスチャイルドの共産主義思想、その銃と私有の否定は、自由なき人口削減・人間牧場を生むことを知るべきであった。また、彼のニュートン物理学を基礎にした唯物論を「科学」とする宗教の否定が、量子力学に無知ゆえであったことを洞察すべきであった。愛深き共産主義運動家の多くが、知狭きゆえに、今日もなお「無知の涙」（永山則夫）を流している。

第7葉　銃と私有なければ自由なし

共産主義　90％真実
福祉を実現した　けれども
行き着く先　私有＝自由　銃＝自由の否定　アイデンティティ・自由なき社会
10％の物象化論・唯物論の嘘　ロスチャイルド・タクシス等財閥による人口削減→人間牧場
悪魔ルクス　ロス（失）茶に騙されるな
福祉充実・反共の修正資本主義的厚生経済政策を
自由な愛器知社会を
愛　縄文の共生の愛
器　日本人の体躯

知　縄文ＤＮＡとmeme

第8葉　愛、貴《たか》き賛美歌

再生　滝野川の母　石井筆子

賛美歌が聞こえる
武蔵野丘陵に　福祉の木
樹冠を広げ　灯火の下
泉わく　多摩川のほとり
甲州街道の走る田園
黒い蛇も昼寝していた
くにたちの滝野川學園の支流
武蔵野標高50ｍの礫岩層から染み出る泉
雲雀《ひばり》歌う小川

ピアノ　明治―大正―昭和
天使のピアノを「知的障害児」とともに弾き
賛美歌を歌い、鐘を鳴らし

自然農の自給の畑を耕し　椎茸を栽培し
環になって踊る　平成の世
いまなお椎茸は　三多摩一円に届けられる

「明けない夜はない」「災い転じて福となす」
すがもの近くで園児を失い
沈み　「災い」　の底から
足を引きずりながら再生した母
大正皇后から　多くの友から励まされ
この武蔵野の櫟林に園を再建し
煉獄の火の車回れども　福を呼び

イエスに誘われ
最後の眠り　溢るる
止めどもなく溢るる涙を
安らぎの頬に遺した筆子

福祉の灯明を昭和に渡し
ピアノに託した
母マリアのように穏やかな死に顔

長崎の大村に生まれ　血縁に明治維新の志士を持ち
仏蘭西に留學し
津田塾の前身を梅子と建て
南からの順風満帆

やがて　風は北から
挫折　「鳩足止める処なく、舟に還る」
「知的障害」の吾が子を産み育て
ノアの方舟に戻してしまった　母　筆子

“As pretty doves could not find out a perch to sit on,
they went back to Noah’s Ark [Ishii Fudeko].”
The perch, Takinogawa Gakuen Garden has been built by Ms. Ishii Fudeko.

止まり木の根に滲みいる武蔵野の泉
その泉のように溢れた涙
滝野川に止まれ　可愛い鳩よ泊まれ
傷ついた少年よ少女よ　そのまだ謀を知らぬ心よ
「傷ついた肉体ゆえに、無垢な魂よ」［シュタイナー］

（初出、『八月』pp.209～212）

第9葉　青の洞門
　陽光へ　陽ニ向カヒ　新生三十路《ミソジ》　了海サン
了海サン　ソノ心ノヤミ（闇・病ミ）ヲ
三本ノ松明《タイマツ》（愛器知）　小サナ光ガ照ラス
太陽へ　洞ノヤミヲ突キ抜ケテ　モット大キナ光へ

第10葉　愛、共鳴　同行二人
　人を愛し　偲び　「行」を積み　立派な人間になりたい
そう頭で思い続けたのに　「人生は　体に悪［高木］」かった

いまや　体は　吾が死体を　哀悼できる人情もなく
絶望という名の死　鬱からの朦朧が売った死
未来へつながるネットワークの切断　「死が救い」になったどん底
　孤独の極み　ここから長い夜　眠れぬ夜を重ね　疲れ切った先に鬱が遅い
朦朧とした果てに　尾崎放哉の幽体離脱　無に落ち込み、全てを捨てた
種田山頭火の放浪は　「同行二人」

　四国を歩く内に　やがて夜が明け　せせらぎが聞こえる
ほのぼのとした主体が戻る　お接待の温もり
なんだか　欲望を「捨てて」死に「勝った」ようだ
豆科の先端が迷い揺らいで　未来を掴むように

第2木　合い、性

憧憬・目覚め、性愛の俗から聖なる命授かる。甲乙付け難く、車の両輪となって、人の世を豊かにする。欲望、恋愛、酒の詩を詠え。

第1枝　思春

老若男女、誰にもあったある目覚め、甘美な夢。自分知らずで相性の合いもしない相手への「美しい誤解」［亀井勝一郎］、身の程知らずの誇大妄想、現実知らずの理想郷。誰にも、甘いけど酸っぱい思春期。

第11葉　幻影　―少年のメッセージ―

木の葉の朽ちる坂道を　ムササビは飛ぶように駆け
登った大きな樫から　泳ぐように風を斬る
冬の森は明るく　五角形の彼の影が斜面に映る
飛び移った小さな樫に　隠れるように身を縮め
君は和多志を小枝から見た

少年の謙虚な仕草　豊満な女への畏怖の念　近づくと次の枝へ滑走し
高い樗から急流を超え　向こうの丘へ飛んで行った

憧れた森の日の香り　甘いメルヘン　遠い夢
破かれた手紙のように　枯葉が舞う

深い森の谷間におぼろげに日は差し　幻影が疾走する
去り逝きし五角形の影

第12葉　角瓶

角瓶の横に湯呑　静かな夜
酔えば響く川のせせらぎ
流れて　みんな何処かへ　いっちゃた

石油ストーブに　両手をかざし　めざしを裏返せば
めざしの煙一筋「和多志　これ好きなんだ」

角瓶、空洞もう2センチ
酔えば　匂う　花のかぐわしさよ
追えば　くゆ（悔・燻）る煙
何処へか広がり
ただ　匂いばかり
鰯の油の染みた座布団に　丹前をひっかけ

ファットなあぐら
長い髪もいぶされて
妙に石油ストーブが明り　暖かい
唇に湯呑を当て
「和多志　この琥珀色好き」
角瓶、空洞もう４センチ

切れ長の目　いい氣持ち
あの瞬間　目が輝き三日月になって
綻びながら
豊かな屋根裏部屋の黒い梁
「和多志長屋の　ジュリエットみたい」

角瓶、空洞もう６センチ
遺されたものは　去るものを追って
影は流れ
酔えば　描く　河のしずけさ

河は海に注ぎ　黄緑色の大海原に
山ゆりのように白く　帆柱が揺れる
今夜も　河のように　静かな屋根裏部屋
白い歯がめざしを噛んで
「和多志そんなに　生に執着ないわ」

空っぽの屋根裏部屋
空っぽの角瓶
（サントリーのＣＭの意味深な文句に。佐治さんからのこの詩の感想が杉太郎に寄せられた直後）

第2枝　合いの風

木の葉を揺らす風、小鳥を加速する風。風はまるで心まで時めかせ、二つの掌《てのひら》をヒラヒラと合わせ、二つの心も合わせる愛情の波動。

第13葉　JUPITERは恩讐の彼方に

村の劇場　身近な　激情殺人

ほら　JUPITERを村人が歌っている
早まってはなりません

逃げても　この小さな村へ　帰って来いよ
依存症と優しくつきあい　優しく別れられるように
和多志たちとサヴァイヴァルできる道を探っていこう
君の怒りや悲しみは　私たち村人のもの

いま　朝露に濡れた金木犀の向こうに
明けの明星が越前海月のように息づいている
この匂い　空氣と朝露が地元にある限り
生物は育ち　和多志たちも　君も呼吸することができる
和多志たちは　君と一緒の和多志たち
かけがえのない君を　きみを待ってるよ
排除ではなく　友愛の心で
恥を忍んで　和多志たちのところへ

社会へ　戻っておいで
湖で禊をし　口を漱ぎ
坂の上のお不動さま
丘のお大師さま
山頂の観音さまにもう一度手を合わせ

木星はみえないけれど
この金星の下の神社で拍手を打ったら
戻って来いよ

恩讐の彼方のこの村に
おまえも、JUPITER を口ずさみながら

第14葉　愛すべき母、恩愛

　無鉄砲な女
ニポポに似て
花、片栗の花、笹百合の花の好きな少女

バランス感覚に乏しい
危なげな女
幸せだったかい

「はあ、お父さんが死ねた、可哀想に」

純情
6人の子と数人の水子に献身した母
何も手伝わないきつい姑に　顎で奴隷のように　酷使されながら　耐えた
でも　少し愚かで
実家の隣に大きな巣をつくった雀蜂も　友達で
杉太郎の部屋に迷い込んだ　この yellow jacket も友達で
杉太郎に　黒い学生帽で　摘んで外へ出してやるように　言い
刺された　杉太郎を医者に連れていった母
人の意見に振り回され　しっかりした自分のないような母

ありがたいやら

情けないやら

人生
利他のバランスをとって
対話　交渉し
少し工夫すれば
少し冷静になれば
もっと友達もできたのではないかい
ずいぶんiyana姑
多様な愛を巡る確執

全てが　もうすぐ
終わるかのように
きょうも
ベッドに横たわっている

在ることを受け入れることの

心の平安を子供たちに教え
巣鴨の東京未決拘置所の杉太郎に
「なにごとも　運命です　じっと耐えなさい」と諭し
商船高校進学の迷いの際に
海難事故を心配し
離婚ききに次の一言で　杉太郎の勢いを殺いだ母
「チフスで早世したお父さんが　『ぼくにはおらん』と弟が言うとった」

糞尿の無農薬野菜を育て
沢山の手料理をこしらえてくれた母
これ以上　何を望むか　杉太郎

ありがとう　お母さん

……

第３木　哀の詩

愛、遠景は哀色の緑。忌、哀悼、絶望。愛が熱いのは、別れが冷たいから。人生は短く、森羅万象が無常だから。鎮魂歌をいま詠おう。

第1枝　愛別離苦

哀惜、惜別。思いがけない新鮮な出会い、来てしまえば追惜を残す史的な別離。生き別れ、死に別れ。忘れえぬ人、忘れたい人。生老病死、愛別離苦。

第15葉　哀、永訣の転換

愛児とのお別れ

息子よ
歪んだ快楽　依存症に堕ちたおまえ
　破滅への道を走っているとは知りながら
同じ脳の回路が手足を動かせ
幾年　幾回も繰り返させる
親の育て方　医軍産（医療＋軍事＋産業）複合体に無知であった医療受け容れ方に
大きな問題があり
自責の念　深ければど

親になり切れない
薄っぺらなプライドの自分が見捨ててしまう

もうすぐ　君との別れがくる

そんな愚行を犯さんとした父が
号泣して　変わる
追い込んだのは自分
追い込まれた息子を理解して来なかった自分

母親を介した息子の一言
「この次　生まれてくるときは　人間に生まれたくない」

第16葉　忌　消灯　雪明かり
　大地に雪白き日　悲報降りつむ
雪原に淡い影を落とし

野辺へ送られ
荼毘《だび》に伏されたかのように
「うまれいづる悩み」

Hは
末の歳　神無月の秋風に逝く
……
むかし　こころ優しき部族が　大和の国が起こったとき　消えていったように

おまへは
もう
父と母の命を灯してはいないだろうか
宿りし胎内に
皿洗い　ヌード・スタジオへと入りかけし湯田温泉に
……
佇《たたず》みし　三次の街に

命永らえ　父　母に
不安と望みを灯さないのだろうか

灯火は　銭金もて汚し　汚され
差別と抑圧にて　踏みにじりし己れと世を浄うたこともあった

Hは
學生大会　喫茶店　街頭デモ　シュプレヒコール
下宿での宴　ふし野川での遊泳
数々の場で目立たぬ男だったけれど
静かに　激しい情熱を秘め　葛藤しつづけていた

「自己否定」
浄火の炎に燃え尽きよ　とばかりに…
自虐史観に苦悶し　自分を探した非日常空間

貧富格差　金の卵と進学の矛盾

懲悪　桃太郎の英姿
正義　忠臣蔵の殉死
愛国　特攻隊の慕情
反戦　山崎博昭の純情
全共闘　亡びの美学

戦乱より　ふし野川の水は三歳を流れ
火鎮み　祭りは終わるも　尚
銃亡き兵士は燻《くすぶ》り止まず
コキューの悲しみに身を薫製にしながら
郷里に去っていった

羅生門の下男のようにではなく　旅に出る二〇歳の悦子のように
さながら　テントとシュラフの入ったザックを背負った男のように
後ろ姿を消していった

少年は詩う

「冬の街が反転する」
恋をなくしたお前の　お前の限界が笑う
柔肌に触れもみで　ギターに憧れをのせ
病んだこころを詩に吐き出し
詩うことのみにて　おまへは　かろうじて　翔びたっていた

いつも……ポケットには
一箱の煙草と笛をもって……飛び
尾関山の城跡に降りたち　蒼い空に煙を薫らせていた

かつて　文着きぬ日のことだった
過ぎて　尚
心に暗く棲む戦火を感傷の嵐に葬り
鎮め給うもよひが
図太く　清濁の内に　燻りを活かせ　とばかりの趣きにて　指弾に掻きむしる
強者の便りを落掌した日のことだった
「むつかしいことは

もういいです
………
いま死と隣り合わせです」
こう、詩人は返信にしたためた

いやましにつのる病みに痛めつけられ
永く沈む眼を路地に向け
一歳を歩く裏通り
白鳥は　苦海をわたり　青い天空を水平に
浄土へ向かい
暮れなずむ山の端に消えていった

水葬され　墓標を残さない海人　シュメールのように
名作　反転する「冬の街」さへ
全ての生きた証を焼き滅ぼして
消えていった　H

もう会へないだろうか
見やれば
やがて
飛ぶむささびの形した三次盆地の
濃紺の闇に
　小さな鳥が舞い戻り
高く久遠の光を届ける

　翼ある星は
去りゆきしもの悉くと和し
生きとし生けるものに輝く

　ときおり　照れ
手を一つ叩いて　はしゃぎながら
触れあいし友のもとへ　帰り来る

　かつて囲みし仲間に　詩集『メメクラゲ』の命

尚　漂わせ　生き　棲む

肉分けしものに　尚　生くる
父母より　出でしものなれば
　その源に帰り
同じく出でし妹たちに生き
それらが児に魂を伝え
久しく　永く　命　灯しゆく

おまへは　尚　大地に命灯す

　雪明かり
せせらぎのきらめき
萌える緑葉の虹の滴
「赤橙黄緑青藍紫」
小春日和の透き通った霧雨に

流るる水に
輪廻し
おまへは　季節を四つの体もて明かり
生きゆく

　われらが大地
われらが友よ
……

第17葉　墓碑名：青木　繁

　陰影に秘めた
魂の深みが
青木　繁にありて

こころ乱れて
酒を汲み

亡ぶものよ
追憶の渕にたち
哀しくも
琥珀色の
光りおぼろげに
揺れ動く

愛憎
哀惜をおもふ

遺されたものよ
「海の幸」で
おとこを求めたタネよ
その眼は
しめやかに

ひつぎをひきて
いづこをか見ん

第18葉　砂浜

白い浜辺に
追いかけて来る波

黒い頭髪に
降り注ぐ陽光

このジリジリと迫った夏の日に
君の後ろの松原で
蝉が哭く

この時刻に押され
君は砂を蹴散らし
海を蹴散らし

白い飛沫を残して
キラキラ泳ぐ
若き日　夏の日
生き急いだ君よ

秋の日に
コスモスの咲く丘で
風に吹かれ
君は紅白の花々を縫って
島の見える墓地まで駆け抜けていった

追いかける波
沈む夕陽
繰り返し　夏の日が巡る
残された砂浜の白い碇

白骨の味

第19葉　氣、風

　ほら、海の声が風に乗って聞こえる

　南の松林から
北の砂浜へ抜ける風
風の下に道が続き
風の上に広がる高い青空
木漏れ日に針の葉が光る

「和多志　けふまで
生きてきて良かった」

　心は潮の香に乗って
軽やかに
飛ぶ

朝の斜光

永い光
これ以上伸ばせない光線
あの陶酔の時間

光陰は矢のように
走っても
おまえは1人残る

白い波

北の島々を縫って
押し寄せる波
心は波に責められて
重く
沈む

朝の永い影
これ以上伸ばせない陰影

風吹きぬける
人の世の永い光と影
惜別の旅よ
追憶の波、追憶の潮が
けふも聞こえる

第20葉　父、死別

いい福の日
いい憎い日　11月29日
2002年　90歳と11カ月

風呂上がりに
セーターの袖に入れ
微笑みかけながら

朝日の当たる部屋で
頭ん込み（前に倒れ込む）
そのまま
戦争に耐え
直方の炭坑の落盤を奇跡的に逃れ
江田島で人間魚雷搭乗の順番を待ち
爆心地を歩いた
頑強な肉体から魂が抜けていった
浴衣の亡骸が小さく
未だ息を吹き返しそうに赤らみ　微笑んでいる
デスマスクをデッサンした孫が　「起きろ」と声をかけるほどに
映画館にもなる忠臣蔵劇場の筵の上の胡座に
座った次男坊のわたしの毬栗頭に髭面を摺り当てた父

家具職人　指物師
平板を頭に載せて運ぶ後ろ姿
２００３年６月８日新しい墓　納骨

第２枝　アニミズム、愛と信仰

愛は、全ての器＝万物と繋がっている。それを直観的に知り、生かされていると悟ったとき、アニミズム信仰が生まれる。実際、量子物理学が、その直観を科学的に根拠付ける時代になっている。目に見えるものだけが科学的に実在するとしたマルクス唯物論の誤りが立証されつつある。

第21葉　愛、生けるもの

ジビエ

銃弾を受けた雄鹿
猟犬に追われて
崖から　ダムに墜落し
死体に
それを水から　角に掛けたロープで打ち揚げる猟師達
出くわしたわたしは　ロープで鹿の頭を上げて猟師と一緒に引き
軽トラに鹿の冷たくなり濡れた後ろ足を持ち上げて積んだ

こよなく晴れた青空

終日　澄んで静かなダム
大きなビー玉のような目

木霊した銃痕から出た鮮血
聞けば　追われて　流れ星のように　牡鹿は駆け落ちた
谷の斜面には　その軌跡を挟む檜　その葉と葉の間に
生き残った蜘蛛の白糸が走って光る

縄文のころからの　人の農と野生の均衡を保った
犠牲の流血

第22葉　愛虫、蝿

ＰＣの画面に止まった小さな蝿
私たちの糞尿を食べて
変態を遂げてきた蝿
透けた蝿の羽が美しい
縦じまの薄い種のような羽

踏ん張った足
黒い胴体
造形が安定している

前足で、頭を猫がそうするように拭いている動作
豚のように綺麗好き
銀蝿も玉虫の緑
ゴキブリの羽の光沢も美しい？

　美しく綺麗なもの　花鳥風月や女性のみに非ず
「立てば芍薬　座れば牡丹　歩く姿は百合の花」
醜く汚いものにも　美あり
既成の概念、洗脳された思想で
汚いと思う愚かさ

「やれ打つな　蝿が手をすり　足をする」（一茶）

一茶のように　愛情を嫌われる生き物にも持とう
ラジカルに　心を原点に回帰させて

漢字、亀と蝿と縄が似ている？
漢字が　渡来する前の
中国大陸の　秦＝ユダヤ人などが入る以前の
縄文の心

縄文に帰ろう　洗脳自由
美しいものを見失うな
見損なうな

こんな想いで
眺めていると
飛んだ　飛んだ
音も無く
蝿が　零戦のように　目の前を飛び回って

上空へ　消えた

外には花見月の紅葉
不思議な朝の出遭い
朝の日光とＰＣの明かり
一期一会

第23葉　小鳥、凬に乗って

和多志もまた独りじゃない
小鳥、和多志は小さな小さな変幻自在の小鳥
凬、大きな大きな鳳《ほう》のような凬の翼に隠れた小鳥
止り木の墓を抜け出して羽ばたく
無数の小鳥
　澄んだ夜空の星雲、スターダストのような小鳥になり
「千の凬」鳳の翼に乗って
あなたの前に飛び渡り
羽を休ませて泊まる

野の塒《ねぐら》を

春は花に
夏は蝉に
秋は紅葉に
冬は粉雪に求め
やがて吹き渡る風に乗って
野原の仮の宿を発《た》ち
あなたの母性　そのオーラに曳《ひ》かれ
春は香りながら
あなたの頬を撫でて鼻から
夏は奏でながら
あなたの髪を靡《なび》かせて耳から
秋は明かりながら
あなたの睫毛《まつげ》を潜《くぐ》って目から
冬は溶けながら
あなたの唇《くちびる》を滴《したた》って口から

愛《いと》しい
愛おしく
切なく今も胸を締め付けるあなたに入って寄り添い
あなたのその琴線に蕩《とろ》け沁み込んで泊まる

独りじゃないよ……
独りにはさせないよ

第２林　愛の詞

「咳をしても一人」［尾崎放哉］。第１の愛の詩の森中にまだ薄い残照の消え残る間に、歌の森に入る。一人の咳を聞く一人が増え、愛を共有し合う二人になれる林である。前掲の詩（葉）が、この第３の林では、梅干のように和歌（板）、俳句（札）に記号化し圧縮し、愛を象徴化する。

愛の短歌と俳句の本林は、シニカルなレトリックと為になることを詩情豊かに學ぶ。

第1木　合いの詞

会いたい、愛する人の心身に合わせたい。そう恋焦がれれば、切ない詞が生まれる。幻想にせよ、突き上げる本能的性欲から湧き上がるものにせよ、「人恋うは美しきもの」。これまで、生き物の何千何百の魂が、生きているもの死んでいるもの、同類を超えたそれらに対して、切なくも「会いたい」と思ってきたことか。「生きとし生けるもの」、詞を歌ってきたことか。

第1枝　合いの歌

赤い糸、匂いが引っ張り合う男と女、愛一人燃えても合いの歌。

第3板　夕暮れに　なお赤々と　身悶えて
燃え尽き果つか　彼岸花一人

第4板　常しえの　愛を誓えど　あき風の
吹きて愛別　呼びて哀々

第5板　あぶれ星(蛍)　梅雨の晴れ間に　独り出で
飛べ空高く　命継がねど

第6板　小ひばりや　蓮華の空に　土星回天
おまえも昇れ　歌騒がせて

第7板　鎮国寺　散りゆく紅葉　受け止めて
溢るる涙　釈迦の掌に

第8板　共命鳥　清き嘴《くちばし》　美花《びか》呑むや
毒果《どっか》突《つ》きぬ　濁る嘴

（双頭の鳥＝共命鳥の片方の共生せんとする清きカルダ〈釈迦〉が美味のマズカの花を、他方の競った濁れるウパカルダ〈従弟の提婆達多《だいばだった》〉が実を食べ、共に死す。美《び》花《か》・毒果《どっか》）

第9板　槌の音　響いて明けよ　洞の闇
了海念仏　六根清浄（愛の架橋　隧道　青の洞門）

第10板　器砕き　明日なき時を　刻む子に
儚《はかな》き望み　棄《す》てさず祈りて（器：破壊、修復）

第11板　身代りに　われ割る湯呑み　再生の
われに帰しぬ　壊れたわれが

第12板　われ先に　暗示に罹り　列を為す
われ失いて　注射器被弾

＊合いの歌句
第1板札　家庭一　禁々欲望　口閉じて
健康大事　ココロ静かに（家族愛カキクケコ）

＊合いの生態系一こま（俳句調和歌）
第2板札　枯れて立ち　噛切られ虫に回るや　樹木のからだ
第3板札　痒き腫れ　吸血されて　命を分ける　わがからだ
（杉太郎を食べ吸う蚊・ダニの命）

第2枝　合いの句
愛は切ない、目の前にいなければ、亡き人、別れた人に、もう一度、会いたい。

第1札　縁側に　子を思う父　翁は悲し
第2札　秋の日の影　残照に一つ
第3札　まどろめば　窓辺に吹雪く　花の音
第4札　寒月に　積もりし恋よ　春の雪
第5札　生けるもの　泣きぬ声みな　恋の歌

第6札　山道を　揺るる灯りや　母恋し
第7札　夕暮れに　地蔵をあやす　小手毬か

＊山河、観音堂

第8札　腰痛を　癒して静か　薬師様
第9札　痛わしや　トルソの腰に　サロンパス
第10札　温熱の　トルソの薬師　衣着て
第11札　色ほどに　人を誘うや　藤袴
第12札　慈悲に濡れ　ピエタ静かな　観音堂
第13札　枯れ落ちて　砂紋描くや　楠の花序
第14札　木苺の　果実に結ぶ　思ひかな
第15札　姿見せ　長寿を祈る　青大将
第16札　さすられて　康を叶えむ　薬師なり

＊恋愛の火、火垂《ほた》る

第17札　木野川に　吾も恋せむ　命の火
第18札　早苗田に　こいもふわふわ　火垂る舞へ

第19札　火垂る舞へ　蛙奏でよ　ふわふわり

第20札　早苗田を　ほうほう火垂る　ふわりふわ

第21札　早苗田に　恋は舞う舞う　火垂る舞う

第22札　草洩れて　われも世に出む　火垂れ虫

第23札　姫蛍　雅に舞いて　夏の雪

第24札　煩悩を　この身（許斐山《このみ》）に滅さむ　姫蛍

第25札　姫蛍　谷間に降るや　夏の雪

第26札　瓜坊を　里に誘うや　姫蛍（親猪を追う瓜坊）

第27札　谷川を　流るる蛍や　恋（濃い）提燈

第28札　谷川に　咲き乱れ飛べ　姫蛍

第29札　乱舞して　谷底狭き　姫蛍

第30札　金星の　山の端に飛ぶ　蛍かな

＊恋愛の花・架

第31札　ジャスミンに　溶けて立ち逝く　春一つ

第32札　遅れても　鳴くや鶯　夏の森

第33札　口元に　枇杷赤く飛ぶ　鳥かな

第2木　哀の詞

悲恋、哀悼、愛別離苦。切ない別れを予感しながらの逢瀬、目合《まぐわい》。出会いが人を育て、別れが深くする、と浄土真宗大谷派の山門に書かれたそうである。良い出会いは、良い別れをした人に訪れる。愛器知は、この哀を通しても、深く大きく広くなる。

第1枝　哀の歌

慟哭。「逝きて帰らぬ」愛するもの　お前の愛器知が、あまりに未熟だったから、現世で器＝肉体を持って会えぬ人にしてしまった。

第13板　悔やみても　命返らぬ　弟の
　　　　トルツの薬師　兄が摩《さす》らむ（千悔万恨）

第14板　百合一つ　細く遺して　魂に
　　　　秋の野に咲け　二つの胤（愛児）よ

第15板　青春の　水流る旅　一の坂川
　　　　曇りて濁り　晴れるや澄まして（信愛教会前の川畔にて）

第16板　裏山に　打ち捨てられし　墓石群

骨ぞ飛びゆき　銘は苔生《む》す

*火垂る

第17板　谷川を　平家の蛍　浮き上がり
　　　　　　　　　息苦しいか　乱れし恋に

第18板　靄掛かる　夏井の川の　廃屋に
　　　　　　　　　命灯さむ　恋せよ蛍

*3・11人工地震フクシマ

第19板　悲しみを　むね深く伏せ　フクシマは
　　　　　　　　　歌い祈らむ　安達太良山に

第20板　フクシマの　田畑に揺れる　菜の花に
　　　　　　　　　透かれて映える　斜光はかなく

第21板　喜多方の　心も湿る　白壁に
　　　　　　　　　銀杏いろどり　あらし往く

*ミナマタ

第22板　空に星　海に明るや　夜光虫
もやい船揺れて　水俣悲し

第２枝　哀の句

「知るも知らぬも逢坂」（蝉丸）で袖触れ合わせながら、「行くも帰るも別れ」ゆく。「会者定離《えしゃじょうり》」、愛せば、袖触れ合えぬ別れは哀。

＊芭蕉、哀の句について

「埋火《うずみび》も　消ゆや（夜）泪の烹《に》ゆる音」（芭蕉）

夏が去り、晩秋、そして冬の夜、火鉢に手を翳《かざ》して蝉吟《せんぎん》の数え25歳の早世を悼む芭蕉の目にも泪。

これは、娘さんを失った友人宛の白紙の手紙の末尾に記された一句。他者との共鳴共感が深い悲しみをより深くし、亡き者をより強く偲ばせ、お線香の煙の揺らぎのように、共に零《こほ》す泪が、隠界に居る亡き者の霊魂に繋がって行く流れ、その蛇行する水路になり、真の供養となる。お互いの魂と霊魂が水路で繋がり、せせらぎのように美しく協和音を奏でる。これが、本当の内面の葬式だ。芭蕉は、真実の深い人。これは、芳村思風が言うように、芭蕉の「同悲同苦」の真の供養の句である。

＊別離
第34札　うめ二輪　枕において　笑み（母、エミコ、その母の名はウメ）逝きぬ
第35札　掌に触れて　涙溢るる　釈迦如来
第36札　網糸を　遺して電話　糸電話

＊鳴く
第37札　猟犬と　鹿鳴く森に　銃声哀し
第38札　米一が　縁むすぶや　畦の街
（コキュウの悲しみ、米一丸は九条が自分を葬り、妻を寝取ろうとする謀略に掛かり、博多に太刀の探索に行かせられ箱崎の浜で惨殺される。この我が子を尋ねた米一丸の母、その浜を目前に宗像郡の畔町で病没した彼女の慰霊堂にて）
第39札　吸わずとも　木苺の春　君の春
第40札　鈴鳴らし　ガン（癌＆雁）に聴かすや　堂の風（音楽療法）

（散華）
第41札　希の花と　祈の花散るや　憂国忌
第42札　憂国忌　流れゆく星　由紀夫星（天ヶ瀬、南天に太い流星、2021.11.25）

第43札　はな咲けど　咲き残したる　梅の花
第44札　遣《や》り取りや　小鳥の命　地に散りて

＊蛇／蛙／虫
第45札　いたわしや　屍さらす　山案山子
第46札　散る春や　薄紅色に　蝶が舞い
第47札　血の川を　探して産まん　蚊子《かこ》の夏
第48札　縞の花　車が押すや　赤蝮
第49札　蟋蟀《こおろぎ》や　愛憎半ばに　今夜《こぞ》鳴けり
（ビル・ゲイツの蟋蟀食からは虫の音にも複雑な心境）

＊猪の血
第50札　猪の　生き死にかなし　山の檻
第51札　猪の　いのちはかなき　山の檻
第52札　瓜棒の　恐怖響きぬ　山の檻

＊草木

第53札　葛の穂も　胤《たね》宿せねど　咲《ざ》き香れ
第54札　葛の穂や　胤《たね》宿せねど　誇り咲《ざ》き
（未婚の2人の息子に）
第55札　種宿し　生け向日葵《ばな》脇に　円《はな》枯れむ
第56札　樫の樹や　段を設けむ　根を布施て
（山道の階段を上ると、それらは樫の樹木の根で出来ていた）

根

詩と歌の旅は、第1の愛の森に入り、その森から出でて、第2の器の森に入る。このように、森の出入りを4度繰り返した。

詩集に叫ばせた魂が、叫ぶ言葉や声音を窮屈な器に入るのを嫌がっていた。もっと、しっくりした適切な言の葉・歌・句があるはずだ。でも、今回は、これらの言葉を選び、表現した。

第1の愛の森から第2の器の森へ。愛は、器をいやが上にも大きくし、大きくなる器は愛を深くする。

愛、第1の森の遠景には哀色の緑、近景には喜色の赤く差す斜光。第1の緑の森は赤い愛の光で黄色く染まる器。赤い愛が黄色い森で、曼陀羅模様に彷徨いながら、無を力に、和のミームを支えに煉獄から抜け出す様子を次の森で描くことにしよう。

第2森　器の森

大器こそ　無器の水母《くらげ》か　皮革溶け（「大欲は無欲に似たり」）

器←愛←情（感性的情報）↓知（理性的情報）↓器

愛も知も、物理的な音や光という名の器＝言葉・文字・造形によって、人に伝えられる。この器は、物理的な入れ物でもあり意味論的な抽象概念でもある。その抽象として、大人物を「大きな器」と表現する。

道を探しながら愛の森を抜け、第2の器の森に入る。この森は、繁茂し深化し拡張しつつある第1の深い愛と第3の広がろうとする知の森によって、大きい森になる。そのミッションの響く森は、愛を持って、知のノイズを含む清濁を併せて寛容に受信し、それらを咀嚼しつつ、大器になる器の森である。特に、少量の知しか盛れぬ薄っぺらな自己愛に固執する我が器をより大きな森にせんと、ここに器の森に入る。

「そうして、神さま（「世界」の器、愛知霊の大日如来）は小ちゃな蜂（器）の中に」（金みすゞ『蜂と神さま』、（　）内縄文）

「私が歴史的現在に物を云へば　嘲《あざけ》る嘲る　空と山が」（中原中也「春の日の夕暮」）

器＝ム＝袋、伸縮する袋。器・袋は入れ子、マトリョーシカ、親亀の中に中亀その中に小亀、複合。器は、袋＝ムの中に稲（禾）を独り占め「私」の自己を転じ、袋を開（八）て稲を皆に分ける「公」の自己になってこそ、大きくなる。

器＝空葉、自分を包摂する外的な宇宙・地球・大地・空海山河・住居・部屋・衣服・布団・母親の腕（例：ピエタ、十字架から降ろしたイエスを抱くマリア）・人の輪・食器・風呂敷・袋・葉等は心身の器、内的な自分の体毛・皮膚・臓器・その他の身体等は心の器。心霊は、この心の器に宿る。この器から詩と歌が生まれる。

それらの種々諸々の器の亀裂を喰い止める愛知。特に、心の器を壊す向精神薬害についての知と精神障碍者への愛と知。愛知が育み大きく成長させる自他の器。その自他の個性・成長段階、備わった個性・成長能力を弁える「知」、そのための「ホウレンソウ（報告・連絡・相談）」。この以心伝心なくして、器の大成はうまくは捗《はかど》らない。愛知に関わるケンゲンウンコセイ（「建」設的に、「限」定的に、「印」象的に、「個」性を配慮し、「成」長の手助けになるコーチングの一言）の「個」と「成」についての洞察力・深い文学的理解力が求められている。オキシトシンを出し合う「ホウレンソウ」＝愛知なきコーチングは、逆効果＝憎悪＝反発＝小さな戦争を招く。「どんなに美しい言葉も、愛がなければ相手の胸に響かない」。

ただし、「悪人正機」、成長を生きがいにするコーチは、成長のスタート＝十牛図の「尋牛」のスタートに着けない頭脳の持ち主、「知情意」の「意」や善悪の物差しに乏しい人物が相手のときは、想像の次元を超えた彼／彼女が悪魔でない限りファジーに付き合い、成長を強要せず、憎悪せず諦め小さな改善を求め、その日暮しの人間の命＝原点・基盤を踏まえなければならない。たしかに、個人主義の「自己実現」はおかしい。「よく生きがいっていうんだけど、生きがいなんてそんな大切なもんかね。人は生まれて、生きて、死ぬ。これだけでたいしたもんだ。」（北野武）

愛憎劇、愛別離苦、怨憎会苦、知の葛藤は、仏の自愛の掌の上の主体の器小さき孫悟空の演劇、仏の器、客体の大きな器の中の嵐。葛藤を演技させながら、仏は第1の愛の森を嵐に揺らがせて育めば、大地の器は、肥えて広がる。第2の森、大地は、愛の木々を醸し、第3の知の森を宿す器。演劇という名の文化は、愛を伝え知を育む器。

孫悟空は、第1の愛の森を抜け、第2の森、仏の手、「器」の森を詠う。全てを宿す器に一葉一葉を盛る。詠えば、一葉一葉が、漆の「器」（うるし：得る志＋漆）を大きく、森を豊かにする。

第1林　器世界《きせかい》（六境）の詩

器世界はガイア（大地の女神）、生態系、「時を紡ごう」。歴史の糸、長く強いタテ糸と社会の糸、柔らかく太いヨコ糸で伸縮自在の器＝布袋、幅の広く大きく温い風呂敷、共生の時空を編もう。

器は、現世の自分のアイデンティティ。和の国、日本も、旅行先も全ては器。

第1木　器の凪

わたしたちは、器に生かされ、愛知を育む。器の中の愛知が、逆にわたしたち一人一人の小さな小さな器をお互いに大きくし合う。愛と知の良い波動、良い振動が器を大きくする。

第1枝　器に囲まれて

器は、心掛け次第で大全世界へ接する扉になる。無数の扉に囲まれて、異世界へ新しい愛と知の自分が待っている異空間へ。

第24葉　感動　観望　大観峰

　昼間には　青い地球を　吹き出す　阿蘇に車で上る
絶壁上に下りると　迎える
吹き出物　岩石　灌木　草木
森羅万象が　ここでは噴き出す地球の鼓動によって　踊っている
大観望　大観峰はまるでミュージカルの舞台

旋律奏でる舞台には水平線が歌い
大パノラマが　頭上　眼下に広がった

阿蘇は九州の臍　命の泉
九州はアフリカの縮図
日本は竜　それは地球　世界地図の縮図

大観峰の大観望 カルデラの器は　命輝く愛の地球の総体
人智　人類愛　人間を越えた大きな空葉

景観に圧倒され　抱擁される崖の上の人間たち
サラダボールの底に沈殿する田園　牧場　農家　街並み　山並み

風も光も音も　この大器の中の波動
愛と知も　この大器の中の振動
厳かな　大空間が　天空の太陽さえ　包み込む

夜間には　きっと　この大器は
漆黒の大空へ　無数の宝石を吹上げ　散りばめる　風人の大袋になる

天体の中心　阿蘇　大観峰
ここに　神あり
ここに　我あり
ここに　君あり

愛し合い　知り合い　高め合わせる大器　大観峰
宇宙の縮図　昼も夜も　宇宙のど真ん中

第25葉　わたしの古里は　小観峰

　ツタ盆地という小さな器
器から溢れた木野川を下って　瀬戸内海へ
鳴門を抜けて　日本列島という器の浮かぶ大海へ
大空の下
広い星屑を散りばめた夜空が待つ夕焼け
風雲と波しぶきの青空を広げるカモメ鳴く朝焼け
風を切って浮いた器が走行する

夢へ向かって漕ぎ出そうとして
中三のとき　商船高校を受けた

しかし座礁
海難事故を案ずる母
航海を後悔する前に
航路変更

その一言
「板子1枚下は地獄　帰れんけぇ」
しばらくして　わたしの小さな器
一言の受信機＝受信する器＝耳は
発信機＝発信する器＝口に
母性愛に答えさせた

第26葉「月光♪」白雪の器
照葉《しょうよう》に　雪化粧するや　秋の月

月夜の散歩中　盲目の少女の弾くピアノに感動し　そのピアノで即興演奏したベートーヴェンの「月光♪」が蟋蟀《こおろぎ》の鳴く音に調和して聞こえてくるような深夜
積雪だと早合点し　寝静まった外に飛び出す
外は光る白雪の器
反射角に嵌《はま》った馬酔木《あせび》や山茶花《さざんか》や椿の照葉

銀杏《いちょう》や栗や犬枇杷《いぬびわ》や桑や葛や山芋の黄葉《こうよう》
ログハウスの屋根　塗料の剥げたテラスの手すりコンクリートの白い道……
雪を薄く積らせたかのように光っている
帰り道は、「ムーンリヴァー♪」

第27葉　氣＝風

　風　あなたの前に吹き渡り
吹き止む和多志は風
吹き止んで春は花に
夏は蝉に、秋は紅葉に、冬は粉雪に

風　再び吹いて春はあなたの鼻から
夏は耳から、秋は目から冬は口から
愛しいあなたに入り込む

独りじゃないよ、独りにはさせないよ

第２枝　和の器

器、和の国、文化を盛った日本列島。世界地図を相似形で圧縮した竜形の列島、南北米は竜の頭＝北海道に、ユーラシアは胴体＝本島に、豪は脚＝四国に、アフリカは尻尾＝九州に凝縮される（出口王仁三郎）。世界の喜怒哀楽、集合意識は、日本のそれに、逆に日本の改善は世界の改善に通じる。日本の和は世界に広がる。

第28葉　Kiss

大和の地　オリエンタル文化　ユーラシアの終着点

縮み　kiss（Keep it simple and short）

「猿や去り　合わせて　縮む　アンパンに　梅トラちゃん盆　すい kiss 俳」

（梅干し・トランジスター・茶室・盆栽・水墨画・kiss。俳句、ネットワークを縦糸＋横糸で編んで、共有シェア。日本文化　中国などの海外文化の「猿」真似・模倣から出発し、そこから「去」って、新たな縦の伝統・歴史と横の繋がりの「編」集を行い、新たな「合」わせを拵《こしら》える）

合わせと縮み志向　時空の縮み　アンパンを生む

アンパンマン　和合　「もったいない・ありがたい」精神

第29葉　輪の國の絵描き

「やうやう、白くなりゆく山ぎわ……」(清少納言)
　大和は　昼六色　夕暮れ二色

陽光射す昼に　憧れを追い
月光落ちる夜に　面影を追う

流れ　うつろう
「くろしろきいろ、あかあおむらさきだちたる」山の端
暁に漆黒の夜から眼醒め
面白く　山々の稜線を仰ぐ

「春の汽車は遅いほうがいい」[渕上毛銭]
菜の花の畑の山河を走り

牛を牽き
「尋見見得牧騎忘人返入」

「人の為に生きようとする人間は、決して嵐にめげない」［オー・ヘンリー］［横山秀夫］
省みる「茶色い戦争」［中也］
あの「国破在山河、城春深草木」［杜甫］
「行く春や鳥啼き魚の目は泪」［芭蕉］

いまはや　雲雀の声を聞き
陽光に明々と
鍬を持ち
虹「赤橙黄緑青藍紫」
そを仰ぎつつ「身土不二」
お昼を食べる環の國
歩いては　川蝉の青　空の青
草むらの蒼に眼を注ぎ

さやかな湿潤の風に涼み

生き壱岐と　山に登りて
「葛の花、踏みしだかれて、色あたらし、この山道を行きし人あり」［釈超空］
やがて　山紫に暮れなずむ頃
犬も迎える家路へと歩む

吾は　大和の國　真穂の國の百姓
水墨の絵描き
水筆墨章

今夜は　青木繁のように
しかしモノクロで　倭建命（日本武尊）を描こう

一途に「花と龍」の子
中村哲のように　ひたむきに　若氣を描く

「あれは　人魚ではない」［中也］と知りながら
「ああ　それも青春」［拓郎］
人と「合わせ　競い　揃え」［松岡正剛］編み
人生の夢を描き　悲哀を描く
「こくはくおうせき　せいし」
智を學び、いつの日か徳を積まん

「菜の花や月は東に日は西に」［蕪村］
「与謝蕪村は『詩で描き、絵で謳う』」［佐々木正子］
今日の　この日　六色の　大和絵の色彩に
眼を楽しませ　鳥のように舞い
蝉のように　ゆく夏を惜しむ

この一歳　日光に疲れた　煌《きらび》びやかな夏
紫外線　安らぎの秋　月光に癒され

「秋きぬと　目にはさやかに　見えずとも　風の音にぞ　驚かれぬる」

「一葉落ちて天下の秋を知る」

発光するものの深い悲しみ　切ない涙　塩水で詠む句
「いくそたび　巡りきたりぬ　原爆忌　逝きしわが子よ　名をよびてみる」［加奈］
あの　人類の過ち　慟哭の水墨画　「原爆の図」［丸木位里・俊］

眠る冬　再び　春の夜明けに起き上がるために
勇氣を貯え　力ため込み
磨く技　水墨画法の技

「雪降り積む」夜は、白黒の
水墨画の濃淡に疲れを癒し

「ほろほろ酔うて」［山頭火］
朦朧体［横山大観］
滲んだ酔暈画

今夜は　犬のように休む
長くも儚い命
「願わくば　花の下にてわれ死なむ　その如月の望月のころ」［西行］
そしてまた「願わくば　小春のやうな　身と心」［筑前新宮の寺］

花恋する鳥のように「あわれ　花びら流れ」［達治］
「ゆく春を近江の人と惜しみけり」［芭蕉］
「花の色は　うつりにけりな　いたづらに　わがみ世にふるながめせしまに」［小町］
あわれ「色即是空　空即是色」［般若心経］

「いろはにほへと　ちりぬるを　わかよたれそ　つねならむ　うゐのおくやま　けふこえて　あさきゆめみし　ゑひもせず　ん（以呂波仁保部止、知利奴留遠、和加与太礼曽、川祢奈良武、宇為乃於久也末、計不己衣天、安左幾由女美之、恵比毛世寸、亡〈色は匂えど散りぬるを、我が世誰ぞ常ならむ、有為の奥山今日越えて、浅き夢見じ酔ひもせず、ん〉）」［今様歌、10世紀末、弘法大師伝承］
いろは歌47字、赤穂浪士も47士。

第30葉　涙墨画

涙墨画　水墨画の起源

芭蕉の立石寺
「閑かさや　岩に滲みいる　蝉の声」
亡き藤堂蝉弓を偲び
当時の彼の菊花の滲みいる痛みを連想し

「荒海や　佐渡に横たう　天の川」
天の川を荒海のようにした芭蕉の涙
佐渡の流人に思いをはせた人道主義で
川のように流れた芭蕉の号泣の涙

詩人や水墨画家は　人知れず　よく泣く
「涙とともに　パンを食べたものにしか　人生の味は分からない」［ゲーテ］

日本の涙墨画の原点は少年時代　雪舟が描いた　廊下の板の上の鼠

第31葉　水墨画拝聴

諺は詩
「一寸の虫にも五分の魂　Even a small worm will fight back.」

その虫の音色
鳥の鳴き声
　その音を　描写するポリネシア画　アボリジニの楯の絵

日本人は　左脳でも聞く［角田］
そのような　左脳の音と右脳の言語
交錯させながら
風の音　せせらぎを聴きながら
水墨画を耳で聴こう

第32葉　「十牛図」

ジンケンケントク　ボッキボウニン　ヘンニュウ
尋／見／見／得　牧／騎／忘／人　返／入

（「尋牛→見跡→見牛→得牛→牧牛→騎牛帰家→忘牛存人→人牛倶忘→返本還源→入鄽《てん》
垂手〈10Cの中国禅の教え〉」）

若者は鳥　老人は犬　鳥は太陽　犬は月
若者は　真夏の昼間
老人は　晩秋の夕暮れ

「吉　咲き　呈す　和」（ヒント：「吾唯知足」）の國
保らかに　口　土を共にし

「薄めても　花の匂いの葛湯かな」［渡辺水巴］

プロシューマリズムの詩
「一人は万人のために、万人は一人のために」［ライファイゼン］
「一人の百歩より百人の一歩」［協同組合］

第九（大工）の扉と第九

（「大苦から歓喜へ［白&弁当〈シラー&ベートーベン〉］」）の曲を合わせ

心を白抜き　たらし込み
暈かし

独立と広嘉の和の橋
錦帯橋
吉咲け
輪よ回れ
九る九る
コスモスよ
日中韓
和明朝の和を詠え

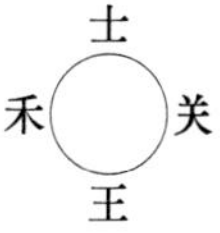

動と静　明と暗
昼と夜　白と黒

吾もまた　この国の巡る輪の中で　舞い
　川の水のように　移ろい
そして　休む
瑞、水は移ろいて瑞穂となる
水墨画は水をうつ（移＋写）す
水を紙に移し　水に映り　水から移す風景
移ろいの面影を写す

「（大和は）おもかげの国、
　　うつろいの国」［松岡正剛］

「次郎を眠らせ、
　次郎の屋根に雪降りつむ」［三好達治］

与えたまへ
巡らせたまへ
大和絵のハレの日と水墨画のケの日を

「くろしろきいろ　あかあおむらさき　こくはくおうせき　せいし」

和多志は　輪の國の絵描き　布袋となりて　一日の明と暗とを描く
将軍になれば　煌びやかな陽光は金　月夜はいぶし銀
絵描きになれば
昼は白
夜は黒
「一汁一菜」

「吾は　唯
足るを知り」（竜安寺）
この國に保まん

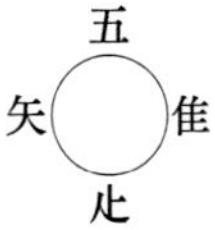

第33葉　和の文化＝器

愛和　愛縄文　一水一心
心　和の心
水墨画が表現する和の心から伸び
心に帰る
和の志
無常な「映（写）」ろい
じっと耐える「待」の心

「志」
多くは語らないが
背中で見せる和の心
「胸有成竹」の志

長い間ため込み　準備した
「胸有」の志をもって
機が熟し　期が来れば
一瞬のうちに　ことを成し遂げ
「成竹」の成果を稔らせる志
「映（写）」
無常に　うつろう人の世
森羅万象　水に映る面影
その移ろいを写す水墨画
「千の風になって」
「待」
「待てば海路の日和あり」
「見猿、言猿、聞猿」
黒子精神
和　協調の精神をもって
　堪忍　老子の「上善如水」
松の木のように冬の木枯らしに耐え

春を待つ
「待」
写意の芸術［河合玉堂］
―胸有成竹―デッサンし体で覚え
予行演習して
描写の時期を待ち
その時期が来た瞬間
「写ルンです」で切り撮るように
一氣呵成に描く

第34葉　環　輪　和
水墨画の心
禅の精神
勿体（尊大な様子、重々しいこと）無い
精神
上の「心」の質素倹約
「消費」者運動における「足を知る」

Reduce の心掛け
和のこころ
福祉社会実現・反マルクス主義の半農半Xの思想
共有のこころ「私的所有との均衡」
反共的私用と共用のバランス・調和思想

心身と風水土の不二　環
自然―P情報（物理的情報）
水墨画家のS情報（意味論的情報）
―水墨画（光というP情報）
―鑑賞家（S情報）の情報
この流れ
水墨画（P情報）
「書―見る言葉（S情報）、
茶碗―手に抱く言葉」［青山二郎］
　水墨画
描かれる山紫水明

美しい田園風景
画題の対象の「自」
もの「影」日本の山河
湿潤な雲のたなびく「帯」
流れる輪
「自」：自然—景観
食—農の風景
「生々流転」

日本のモノマネ→折衷（同化）→縮み・単純化の文化は、サルガッシュク（に）アツマレ（猿→合→編→縮→着〈＝4Mi:Monkey mime〈猿〉→Mixture〈合〉→Miniature〈縮〉→Mine〈着〉〉に集まれ〈集団主義経営〉）

第35葉　和のこゝろ

「猿や去り
合わせて縮むアンパンに
ウメトラチャボンスイ—Kiss バイ」

猿―物真似をし
それを脱却し（「守破離」）
和洋折衷でアンパンを創作・編集し
梅干し・トランジスタラジオ・茶室・盆栽
水墨画がなど縮ませ
"Keep it simple and short."
俳句にも和の
心　縮みのシンボルを見せて

第2木　楽器・機器の詩

弦楽器、木管楽器、打楽器、琵琶もPIANOもヴァイオリンも笛も木琴も木魚も、生活用品の木臼も漆茶碗も木製のドアも木の造形、その空間が哀と合と愛を詠う。器、器の中の空が響く。楽器も機器も、美しく良い仕事には、良い音響。

第1枝　楽器の木

年輪を重ね、乾燥し発酵した材木、材木そのものと組み合わさる器材の間の空間＝器が響き合い、わたしたちの胸管に共鳴する。心響け、響け器材、空洞。

第36葉　PIANO―哀の楽器

いま　聞こえる　　蒼い海底《うなそこ》の曲　　空氣の震えない音
　アクエリアスな PIANO の音が　　白鍵と黒い髪
　　黒鍵と白い歯　　黒いドレス　　白いうなじ

ふじつぼの付着した鍵
かつて　港町の洋館に遺されていた　木製の PIANO
海峡を見おろす丘　　骨壷に黒髪は遺らず　　底にあるのは水ばかり
雨の降る秋のひの午後　　PIANO の音が窓ガラスに響く
　　「しんきくさい……窓開けましょうか」
伸びやかに光り　風にもつれてなびく　細く透明な髪

　　コバルトブルーの霧が流れる　　アオテアロアの深い原生林の中
言葉のない樹液の匂いと　　濡れて濃い森の映像
「…………」
無数の小さな真珠をつけ　白髪になって　金属の味がする黒髪　微笑む白い歯

きんもくせいの咲く路地裏　坂道をのぼりながら　「とろけそうな匂いって……
　いうのかな……」　振り向いたら　浮かびあがる　花粉のような髪

忘れた去った「魂のように」　流れる水「中也」
かって実存していたものよ　はかなくも消えゆくものよ
うたかたのように結ばれて　はじけるつかの間の営み
川の音　河はらの砂利っぽい　すすきの中の　茶色い一本道
　　「舗装してない道って　いいね……」
　　　土ぼこりに　口元が噛んで閉じる
　　繊維質の髪　瀬戸ものの　蓋を開ければ
　PIANO　の音が聞こえる　水底から
博物館の夕暮れ　陸に上がった魚の骨格が　セピア色に映え
　海原への郷愁を奏でる

　葬送曲の聞こえる博物館に
西陽が射す

潮は流れ　海に入った平家の衣が　眠りから覚めて
京の極彩色の琴の音を偲ぶ
不氣味な潮の流れ

ずっと前に　流れて　冷たい南極の海路で
凍結した蒼い遺体
いま　船が黒い鯨をとりにでかける　蒼い汽笛が洋館の壁を震わせ
PIANO の鍵も叩く　記憶回路に迷いこんで　忘れものを探そう

いま　聞こえる　おまえの音色が　動く白と黒の鍵から
おまえのゴンドラの唄が

遠い南氷洋　新しい緑の海の島　ニュージーランド沖

幻想回路に迷いこんで　おまえらしい夢をみながら

いま　骨壷の水をPIANOに塗りたくり　　浸みこませ
黒い捕鯨船に積みこもう

遠い島の沖合　　水底から萌えあがりながら
たおやかに沈みゆく黒髪　　　冷たい静かな墓場
PIANOの墓場

"THERE IS A SILENCE WHERE HATH BEEN NO SOUND.
THERE IS A SILENCE WHERE NO SOUND MAY BE
IN THE COLD GRAVE UNDER THE DEEP DEEP SEA."
(JANE CAMPION "PIANO")

第37葉　悲哀の器：田原坂の琵琶

霧　厚く流れ　汽笛鳴らし
見えぬ未来に足止めされながら
歩くように　熊本へ下る鈍行
ブレーキもなく　停車した田原坂の駅

霧　濃く寒く　漂って　丘へ昇る泥の道は
竹林に光りの帯　射して　幻の路
　霧　ぬるく　濡れて　田畑の中の墓石を
早春の風が吹き抜ける　ほどなく
天草の方から　明かりはじめ
薩軍兵士の墓碑銘が読める
菜の花
　霧　まだらに残り
蔵の白壁の弾痕の斑点も残り　史料館に「末香の琵琶」も遺る
月夜に陶酔した　若き兵士
「おまへの腰のやうじゃ」
そう言って
琵琶を撫でた　美男の士
雨のこの坂の上に散華して
幾日か　幾月か　琵琶の音色
そのリズムが絶えたとき

小さな　この琵琶だけが　置き去りにされた
末香は……
　霧　天に昇り　羽衣のような雲　菜の花の先の空に
　霧　消えても　奏でよ
若き薩軍の兵士の耳に
芳一　琵琶法師も　諸行無常を詠う　一つの命
末香の琵琶
「一人じゃない、深い胸の奥でつながってる」
末香の心臓
「植木の芸者」
弁財天　末香
時空を遡って
煙る霧雨の中　綾香の「ジュピター」を
その琵琶で詠っておくれ
この諦観の田原坂の丘の上で

第2枝　器機　生活の器

幸せな仕事と衣食住は、良い音を響かせる。機器も良い波動を提供する。作業場で作るときも、台所などで料理したり食事で手にして使うときも、陳列されるときも、田植え歌のように、「与作が木を切る♪」ときのように、「おじいさんの時計♪」のように、いい音がし、いい波動が響く。

第38葉　石臼：粟を突く音

——画家、木村仁彌の鳶・粟色の青春に捧げる——　杵を突く音が聞こえる
ヒマラヤの山中にいま、つかの間の晴れ間に曇りのない眼でこのはじける瞬間を捉え、シャッターを切り石臼の底に生きたい幻想につかれた教条よ去れ命がけの青春よ
けなげなおまえよ
夢よ
無垢な教条に汚されぬ
純情よ
このかけがえのない粟の結晶をもって
老いよ

あわてるな

辿りついた
ヒマラヤの森のかぐわしさに
しばし安らぎ
きょうも目覚めれば
鳶が回る

血に呼ばれては
築きあげる
粟粒の山
この青春の結晶よ
かざりのない色彩よ

対馬の石壁に
縄文式土器に
眠る粟色よ

遠い海
遠い山の向こうの
ヒマラヤで
粟を突く音
静かに響く古代の色

第39葉　器機、忌の時計

朝　――本田君に捧げる――

辺りは果てしない
辺りはうす黒い

もう夜だ
高い時計台が地を見おろし　崩れ落ちようとする
低い曇天は列車の音に斬り裂かれようとする

不確かな礎が誘っている

刻むような金属音が誘っている

元の火葬場に積み上げられたレンガは
泳ぎ出づる死霊に身をつつんだ

微かに甘苦い香りを塗って
黄昏の塔が詩う

そは静かに響き
声は土と塵の間に通り抜け
消えゆく

巡る合わすものもいれば
巡り合わせぬものもいる

生まれ出づる魂もあれば
地に耐える霊もある

幸せな人もいれば
不幸せな人もいる

詠むほどに
塔は眠りより醒めゆき
憧れしとはの眠りを脱ける

辺りは果てしない
辺りは乳白い

もう朝だ

明星のきらめきに合せて
朝が鼓動する

時計台はオリエントを見やり

文字盤の針をピンと伸ばした

第40葉　馬頭琴

『スーホーの白い馬』
三島由紀夫『金閣寺』の主人公　水田の煌《きら》めきを見ても　怨敵の美
心象風景としてのその書院造の屋根を空想したように
昨夜から今日にかけて　黄色い流星のような一筋
炭火の囲炉裏＝器で弾《はじ》けるひの粉《こ》の一本の軌跡を仰《の》け反《ぞ》って見下ろしても
白いゼロ戦を打ち落とす米戦艦の砲弾のような一筋
ながれ星の星座を縫って消える一本の光線を見上げても
白いシェパードの導く羊の群れのような一筋
飛行機雲の一本を仰ぎ見ても
純白の別離の船のデッキから投げ落とされた絆のテープのように長い一筋
夜空を切り裂く稲妻の折れ線一本に目を見張っても
虹色の花火の弧を描く一筋
旭に光る蜘蛛の巣を引っ張り支える一本のくもの糸に目をやっても
馬頭琴の弦

心象風景としてのモンゴル草原の夕陽が透くうまの尾の毛を想像していた
数々の杉の林の霧の光芒、空の雲の間の光芒
教会の礼拝堂の光芒やステンドグラスの亀裂
木漏れ日……を見ても　同様であった
いま又杉太郎は　剣で薙《な》がれた傷跡のような数本の筋
黄白《こうはく》色の競秀峰の陶石のような岩肌に鎖と平行に描写された窪みを見やって
『スーホーの白い馬』の物語を思い出している

第41葉　杉、未完成

シューベルト交響曲第7番　「未完成」が
日田の山　杉の林に響く
日田は「森川緑《しんせんりょく》」

杉の樹間に鎮まる霧に
朝の光芒が斜めに射す
数多の枝打ちされた幹が白線となり
下部に残された枝先の針葉から朧げに反映する黄緑

その上はシルエット
　霧中《むちゅう》に、天へ伸び続ける樹
未完
旅人よ　悟りを夢を探して
幾山河越え　この林に迷い込んだ旅人よ
ここは　天ケ瀬の山林

　いま　お前の睫毛に泊まる水滴
それは　ダイヤ
未完の杉たちが贈る祝福の輝き

　生きよ
生かされよ
　杉の木　直《す》ぐの木
村にスクスク生えて

真っ直ぐ　空を鋤《す》き
過ぎた雨風多く　日照濃くて　年月長く
年輪数多《あまた》　不朽の一本杉
さらに上へ　もっと高く
「尋（求・見る）性成仏」

生きて、役に立ちたい
杉　林は防風・防砂・日除け・保水・ランドマーク
一本杉は　ご神木・ランドマーク・実直と自立のシンボル
糸杉は　イエスの柩、死と再生のシンボル

夏は　葛を這わせ　昼木陰を宿し　涼風を吹き渡し　根本に雨水を保水し
秋は　鎮守の森で夜神楽歌の音響を調節し　お神酒の樽となり
　　　神輿の棒となり　山車の材となり
冬は　木枯らしを温和にし　実蔓《さねかつら》の赤い実の塊を飾り　ストーブで燃やされ
春は　花粉を飛ばして肥やしを施し　その実は杉鉄砲の弾となる

杉木立　街道や山々や野原や神社仏閣を美化し　祈りを記録する
枯れ枝・枯葉　風雨に飛ばされ　お風呂　竃の焚き付けとなり
煎ずれば　米糠のように、ヴィタミンB_1で脚氣を治し

　乾いて
葉は　線香水車に枯葉を搗かれ粉砕されて後
仏壇の祈りの香となり
癒し　心落ち着かせ
肺から入り血液を浄化し
灰は肥やしとなり
木片は　積まれた自分の似姿の鉛筆に圧縮され
学童に握りしめられ　夢を創造し　伝達する

　光
杉の原
朝の採光
針葉の雫　虹を放ち

百舌　頂に停まり
朝日に蜘蛛の糸　彗星のように光線を走らせ
黄緑を映えさせ

霧中《むちゅう》に　天高く　背筋を伸ばし
猪《しし》の寝床となり下に蚯蚓《みみず》

護摩　智慧の火に
壇の上　烈しく燃え盛り高く広く
火炎の不動明王となり
煩悩　息災を焚き
信心を異次元へ誘う

日田杉は
三隈川　筑後川の筏となって
大川で家具　建材となり

日田市では
下駄となり　曲げ物となり　柱となり板材となる
　いただいたダイヤモンドへのお返し
未完のお前は　いま日田杉のようになろうとしている

第42葉　ヴィーナスとジュピター

金星と木星

早暁
Jupiter（木星）が沈み切って
Venus（金星）が回り出る秋
宵にも暁にも金木犀が匂う

恒星になり損ねた巨大な星　木星
ガスの多い小さな星　金星
これら金木——星が光届かせる

生命の星　地球

昴よ
無駄な惑星や
無駄なスターダストなど
宇宙のどこにもない

命なき星の数々と
命終えた数々の星とが
命鼓動する星を助けて
旋回する宇宙

蒼き地球上に命輝かせる太陽系
その天体の旋律は
人体の循環器系と動的平衡でも
金木犀のそれらでも奏でられている

宇宙は交響曲を
たった一本の金木犀でも
たった一個の人体でも奏でている

金木―星のリズムが
圧縮され閉じ込められて
金木犀の金の花と樹木の枝幹と葉と根と
それらに潜んでそれらを繋ぐ管に
樹液を回流させ
人体の心臓や臓器と頭髪と手足と残りのあらゆる皮膚と
それらに潜んでそれらを繋ぐ管に
血液を回流させている

かけがえのない一本の金木犀
かけがえのない一人の人間
いきとしいけるものよ
命輝け

この金星と木星のお話しは
男と女が　咲く金木犀を匂う頃の
月見草のようにか弱くVenusのように小さいけど輝こうとした父　三矢
同じくVenusのように宵と夜明けに道しるべになろうとした伯父さん　二朗
向日葵のように逞しくJupiterのように大きく生きぬいている娘
葉光の抒情詩

この星座を歌う抒情詩は
騒がしいエレキのVenusは歌えないけど
心に沁みるサックスのJupiterは歌える葉光
天体の奇跡と人の紐帯をしみじみと歌いあげる「平家蛍」、葉光の物語

第2林　器の詞

「悲の器」、人は自分の器に盛り切れない悲しみを溢れさせる。しかし、神は身に余る試

練は施さない。たとえ器を壊しても金接ぎのように、きっと修復できる。

ぼくは「明日、地球が亡んでも」（ルター）壊しては直して、夢の木を植え、かつ老木も生かし続ける。

夕日受け　小山の上に　朽ちし寺（光明院）
老木も春　花あかあかと

第2の器の詩の森中にまだ壊された器が原形を留めている間に、歌の森に入る。壊しては捏ねる悲の器が金接ぎされ、その修復される器の中に新しい復活の愛と知を盛ろう。

前掲の詩（葉）が、この第2の林では、縮み文化の盆栽のように和歌（板）、俳句（札）記号化し圧縮し、器を象徴化する。

器の短歌と俳句の本林は、破壊と創造に繋がることを詩情豊かに學ぶ。

第1木　器の歌　命の架

飛ぶ鳥は空を、泳ぐ魚は海を、咲く花は地上が、這う蛇や獣は地表と地中が、そして愛と知の被創造物は空海と地と身体を器にして、その命を燃やす。

第1枝　悲しき山河、雲／浮雲の架

山河、雲は命あるかのように空の器中に「行きて帰らず」変幻する。草木を反射する光

と音と振動、視覚聴覚触覚をここに詠う。

第23板　鰯雲　放牧の茜　山肌に
　　　　　ニュージーランドの　羊は夕焼け
第24板　山肌に　いわし群れなす　ひつじ雲
　　　　　ニュージーの夕焼け　牧野に下りて
第25板　芹摘めば　香り立つ川　思い出の
　　　　　おふくろの寿司　遠き日の匂い
第26板　猪の　剥がしたマダニ　いんのうに
　　　　　飛ぶやイヴェルの　迎え撃つ夏
　　　　　（イヴェル＝イヴェルメクチン）
第27板　雨蛙　喉震わせて　瞬かず
　　　　　糧を待つ間の　嬰児《みどりご》の夢
第28板　消灯の　受苦で遊離の　弟の
　　　　　四十九日に　太田川揺れて
第29板　天井に　光に揺れる　波紋かな
　　　　　メッセージ　波紋光らす　浮遊霊

第2枝　器　願い

器よ育て、器よ再生せよ。誕生後、いくら努力しても、生まれつき天才的に大きな器を持っている偉大な人物に近づき、自分の器を大きくする尋、その葛藤・苦悩のプロセスを自己満足して、「自分を褒め」てもいいではないか。

第30板　器大きく　木多き森に　愛と知は　芽を育まれ　根深く葉広く

第31板　金《きん》接《つ》ぎの　一片《ひとひら》の皿は　壊れても　うるしの繋ぐ　銀河流さむ

第3枝　「個に死して類に生き」ても

器、ゼロになろうとも、未来に種遺せ、燃ゆる命を。失恋を詠え、絶望からの再生、憧憬を詠え。

第32板　藪椿　赤々と咲き　震えても　霧中《むちゅう》で燃ゆる　一輪の春

第33板　ハマタンギ　みやこわすれの　砂浜に

紫の花　乳児の野菊

（乳児＝NZ、ハマタンギ＝ハマタンギビーチ（パーマストンノース）、春野菊＝みやこわすれ）

第34板　檜々《ひび》の間《ま》に　軌跡架けたり　蜘蛛の糸

露輝きて　流るる星か

第35板　多い田（大分）の　八器協奏　日は三器

田は五器の口　日田は水郷《すいきょう》

（口は祝詞を容れる器、日は3口＝小2口＋大1口、田は5口＝小4口＋大1口）

第36板　朝焼けは　空に葡萄酒　彩なして

織月の白　金星の赤

第4枝　川柳歌

器を五七五七七調の諧謔の短歌、いわば五七五調の諧謔の俳句、柄井川柳や綾小路きみまろに習ってここに世相を詠う。

＊冷めた恋

第37板　「留守がいい」　亭主が呑みぬ　秋の茶を

湛《たた》えた器　寂《さび》しき空葉《うつわ》

＊注射器と薬の悲歌

第38板　このコロの　コロナワクチン　ヒトコロシ
貪《どん》にコロコロ　コロがるココロ

第39板　注射器の　邪鬼の液体　愛はなく
無辜に注入　「浮石沈木」

第40板　ノージャブか　ノージョブかじゃ　ジャブ入れて
解毒の介抱　明日のジョー

第41板　公会で　航海せんと　ジャブ打てば
スパイク津波　後悔航続

第42板　ジャブの毒　急げ解毒を　救命を
イベルメクチン　オートファジー

第43板　天動の　ワクチン神話　崩壊前夜
WHOも　厚労省も

第44板　藪医者は　向精神の　薬漬け
シナプス溶かし　患者を管理

第45板　千鳥説　造血の腸　善玉で
　　　　　　　　　　　　　満たして治す　イヴェルメクチン

第2木　器の句

空《うつ》の葉、包容の器を一句、一句詠めば、詠む毎に、葉は豊に。五七五の圧縮した器に豊かな情感を盛ろう。

第1枝　花《か》

花は、その色彩と形状は、わたしたちの皮膚のように身近に包容してくれる美しい命の器。

第57札　廃寺に　主偲ぶか　蒼もみじ――2014.5.21――円通寺
第58札　木漏れ日を　拾いて朱《あか》き　日陰花《ひかげばな》
第59札　菜の花に　す（好・透）かれて映える　西日かな
第60札　日を受けて　山桜の葉　水水し

第2枝　器、汽

第61札　多望詰め　どうたい（動体、胴体&道諦）遅し　秋の汽車
（「春の汽車は遅い方がいい」（前田〈水俣の詩人〉）と言うけれど、秋のそれは余りに一瞬、一車両、一つの胸に、多くの思い出、失望・絶望・希望・野望、望郷を詰めて遅い。）

第62札　愛と知を　乗せた器の　蒸氣船
（映画『タイタニック』は、ローズ王女とジャック乞食の愛知を乗せた難破船）

第3枝　器界の句

文化の吹き溜まり、和の圧縮文化のシンボル、歌曲の語調五七七が、自然界＝器界の波動を映す。「生きとし生けるもの」歌を詠え。

第63札　交響の　大小に合う　名器たれ（「大欲は無欲に似たり」）
第64札　獅子去りて　野いちご群れる　けもの道
第65札　織月に　虫影入りぬ　春の暮れ
第66札　夏越して　蜩《ひぐらし》　ひ（陽＋檜）の林
第67札　青葉梟《ずく》　左右に揺れて　森涼し

第68札　濁流に　跳ぶ宝石か　川蝉一羽
第69札　靄縫《もや》ひて　夕陽に黒き　二羽烏
第70札　朝露や　杉菜に降りて　玉虫に
第71札　花水木　虫が咲かせた　一二片
（カミキリムシに　試練授かり。庭のハナミズキ、去年は、満開、今年は半開き。テッポー虫にやられた。）
第72札　梅雨明けに　蝉雷鳴るや　鎮国寺
第73札　梅雨浴か　檜の葉の陰に　鳥の翼
第74札　降る振る羽　檜の葉の陰に　雨宿り

第4枝　山河、花、器界の句

古里の山河は、きっとその水にあなたの幼少期を記録している。帰郷しても、「遠くにありて思う」ても、山河の映像と音響がアイデンティティと記憶を呼び覚ます。花、短命のほんの一瞬であっても、長寿の毎年の行事であっても、いま咲き誇れ。山野も人も楽しく綻ばせて、人生春秋、四季の移ろいに生涯が映る。

第75札　絵を描け　はるかなる海　鐘崎の海

第76札　曇りても　晴れゆかんとす　冬の空
第77札　山肌を　削りて急ぐ　谷の川
第78札　風通し　早苗うねるや　用山に
第79札　山頂に　潮風上る　湯川山
第80札　新緑に　鶯鳴くや　ゆうま山
第81札　夕陽受け　紫陽花紅き　承福寺
第82札　許斐山　笹の葉揺らす　南風
第83札　山みどり　水が映して　池みどり
第84札　山牛蒡　葡萄に似たり　毒あれど
第85札　上り下り　八並東に　蝮草
第86札　除夜の鐘　初日に響け　畦の町
第87札　藻の下に　鯔《ぼら》が舞い寄る　山田川
第88札　霧霞　苔生す路に　観音堂
第89札　名残風　野分の朝の観音堂
第90札　石段の　水面の影に　夏木立
第91札　水ぬるむ　尊氏重来　多々良川
第92札　灯篭の　円に討ち入る　夕陽かな

第93札　竹林に　日輪こぼる　観音堂
第94札　竹の葉の　魚影騒ぐや　春の風
第95札　風さやか　久しく濡れにし　許斐山
第96札　梢縫う　口笛吹くか　不如帰
第97札　東風吹いて　入道雲の　淡紅梅
第98札　銀杏羽根　ひらひら落ちて　黄色雪
第99札　樅の樹に　神仏合わせ　このみ山
第100札　森下る　林太郎の夢　上る江戸
（10歳の鷗外、一八七二年六月、父と津和野街道沿いの津田村を抜ける）
第101札　ビール缶に　山茶花差しぬ　五十回忌
第102札　はるかぜに　騒ぐ光や　藪つばき
第103札　芹を摘む　空に咲きたり　桜花
第104札　木苺は　赤き星々　藪に照れ
第105札　アジ再（紫陽花）に　浴びせて咲かせ　戻り梅雨
（ロスチャイルドの支配からのアジア再興を）
第106札　山道に　このみの菫　人知れず
第107札　初春を　寿ぐ匂い　沈丁花

第108札　岩肌に　秋風揺らす　藪椿
第109札　酸性の　土壌に青き　紫陽花や
第110札　菜の花も　暖黄冠るか　寒空に
第111札　足元に　花みょうが咲く　夏の暮れ
第112札　遅咲きの　許斐の空木　夏の風
第113札　照葉に　雪化粧塗るや　秋の月
第114札　初霜や　草原に白き　旭かな
第115札　梅雨明けの　雷雨の絶えて　早や早や日暮れ
第116札　桑の木が　木の実を宿す　小焼けどき（このみ＝木の実、許斐山《このみ》）
第117札　菜の花に　すかれて映える　西日かな
第118札　日を受けて　山桜の葉　水水し
第119札　夕暮れや　秋の日哀し　菊は枯れ
第120札　雪吹花《ゆきふうか》　降り積む峰《みね》に　樹の蕾（早朝、露店風呂にて）

第5枝　器　破壊と修復

器、愛知の成長のために、古い殻を意図的に壊せば、従来の人間関係も壊れやすい。相手の成長や時の癒しが1個割れた人間関係を金接ぎのように修復する。

第121札　疾風怒濤　われ割る器に　時吐き出して
第122札　洗面器　煮炊きの器　満州逃亡
第123札　金接《きんつ》ぎの　一片《ひとひら》の皿に　いのち流るる
（ヒント：「小さきは小さきままに　折れたるは折れたるままに　コスモスの花咲く」舁地三郎）
第124札　百日紅　割ったもみじに　絵を描きぬ

根

詩集に叫ばせた魂が、叫ぶ言葉や声音を窮屈な器に入るのを嫌がっていた。もっと、しっくりした適切な言の葉・歌・句があるはずだ。詩のみならず、わたしたちは未完成の器、言葉を選び、成長の階段を上る。

詩と歌の旅は、第1の愛の森、愛によって大きくなった第2の器の森を出て、われわれは知の森に入る。三氣は相互に作用し合う。深い愛と大きい器がいやが上にも知を広くし、逆に器を大きく、愛を深くする。

第3森　知の森

操操（操善操悪、cf.勧懲〈勧善懲悪〉）の 分断統治　知り抜いて
共命《ぐみょう》ノ鳥よ　瑠璃の空飛べ（操善操悪＝分断統治）

愛↑情（感性的情報）↓知（理性的情報）、「愛（愛）と知恵（知）をもって（情を媒介に）我々は未来を築ける」「真の知恵（知）は、愛（愛）と共に（情を媒介に）生まれる」（Rudolf Steiner、（　）内縄文杉太郎）

芽　広き知の森

第3の知の森は、繁茂し深化し肥大化しつつある愛と器の森によって、広い森になる。愛の深さ、器＝袋＝大地の偉大さに較べれば、人間の知の森は小さいけれども、それは正しい共生のヴェクトルを伴った愛による知行合一を招く羅針盤である。

Shape our future capacity with Love and Wisdom.

第3の森、森の木々の快不快、善悪、正邪を計る第3の森、「知」の森に、「無知の知」「ソクラテス」を自覚しつつ今までの詩作が育てた第1～第2の愛器の森を過ぎたとはいえ、われわれ何も知らぬ凡夫が入る。知っても知らざるを蔑《さげす》まず、かつまたもっと知っている者からも蔑まれず。広き知求むるならば、「急がば回れ」。愛の森、器の森にもう一度、発《た》ち帰れ。全てを見通す眼力を鍛えて一葉一葉を詠い、詠った一葉一葉が、「知」を広くし、森を豊かにする。

3つの森、愛と器の関連、様々な知と知の関連、愛と器と知の関連を知るのが知であり、これらを繋ぐのが知である。実践へと向かわせるのが、「心技体」である。

愛なき一色の憎悪・何も盛れない形骸・悪質な知に満ちた偏見と闘え。愛深き文学は、権力者に忖度しない。純粋に、知的に悪魔と断じた者に器量の限り抵抗する。

このような正しい生き方をさせる基本は、正しい知である。正しく高次元の知を持つためには、「六根清浄」。深い愛と大きな器を持ち、六境（外的な器＝知覚対象：色声《しょう》香味触法）の情報（流通・流動する何か）を収集（input）し、六識（内的知覚：眼識耳識鼻識舌識身識意識）＝知を持ち、それらを取捨選択しつつ、真偽・善悪を判断し知を高め、発現（output）するためには、六根（内的な器＝感覚器官：眼耳鼻舌身意）を研ぎ澄ます必要がある。お湯を体に掛けながら愛器知愛器知「六根清浄」、山道を登りながら愛器知愛器知「六根清浄」、嫌な相手の前で愛器知愛器知「六根清浄」。

第1林　地の知、詩

六境は、山河・大地・わが身体等の対象物であり、それは六根という名の知を装備する。お袋を知り、詠ってその知をより広くしよう。

第1木　地の知

地という名の自分の器を知れば、広い器上・器内の小さい自分を詠う感謝の詩、生かされている喜びを詠う詩が生まれる。

第1枝　地の草の知

器は大小、巨大微細のことごとく全て、人体とその中の臓器やそこに生きる菌も自然環境の山河や海や草木も全てが生態系等のそれぞれの営みの中で繋がっている。その繋がりを詠おう。

第43葉　おおあれちの菊

おお、荒地から

おお、天から
おお、世界から
おおあれちの菊よ、知の君よ
大きな　試練と
少しだけの土、水、音を頂きたまえ

Oh, by my wasteland
Oh, by my heaven
Oh, by my world
Oh, big wild chrysanthemum, a wise grass
Oh, please take a big trial
And take a little soil, water and words given by them

第44葉　瓦礫の下の菊

光線に焦げた産業奨励館　原爆ドームの瓦礫の下
暗闇に発芽し　屈光性のＤＮＡと元安川に湿った日陰とCO^2に助けられ
割れたレンガと地の隙間に　かろうじて探し当てた光へ向かい

長い根のような茎を伸ばし　少しずつ伸ばし
自由で平和な空間に這い出て　風に吹かれながら

力の限り　貧しくとも幸せな家庭を築き
重い花を　咲かせた　野菊
幼い君の額も光線が射た
君はわたしの再従兄
君は原爆孤児
君は野菊
君はわたしの忍耐力

わたしは被爆2世
わたしもめげない

君も癌に負けるな
君は大荒地野菊だから

第2枝　地の大きな未知

海辺の一握の砂しか、自分の何たるかを知らないのと同様に、知らない人類。尋ねても、知り尽くせぬ地、その息吹。しかし、尋ねていきたい。その道中で、命絶えるのを知り、知足の希望と安らぎを予感しつつ。

第45葉　地の知足

この地球
全方位満足のゆく地ではない
だからこそ　人類は知を深め技を工夫し
愛の共生を求めてきた
個人的にも　満月満足を求め
そうしながらも　寿命が来れば
他界
無念　未練を残しながら　未完成のまま他界を受け容れ
心を平安に保ちたい
そう思ってはいる
他界

けれど　隠界への移動は
肉体の苦痛＝断末魔から
わたしたちを救う有難い定め
死に神は福の神

第46葉　竜安寺、知足
石庭の15山島の庭石を見下ろし
14しか探せなくても焦ることはない
吾　14で足れり
「いつの日か　15夜に至る」
Vision を持ち　その Voyage を楽しみ
Vagility の「速続中奇（「速」度継「続」集「中」力好「奇」心）」を心掛ければ良い

第47葉　ロシア、知足
ロシアの欲の戒めの寓話
夜明から日暮までに描いただけの円
その中の領地を与える　と言われ

最大の円を描いた男が太陽とともに
没した物語

不自然に　欲に執着するな
拘るな
「上善如水」［老子&黒田如水］
イエスも言えり
「富んだものが天国に行くのは　漁網のロープ（当時の「駱駝」という名のブランド名のロープ）が針の穴を通るより難しい」

第2木　地の色

光が地の器に色彩を帯びさせ、形状を鮮やかに知らせる。水墨画さえ、その濃淡で、花鳥風月の内包量の豊かな色彩を表す。見えなかった大切なものを、地は色彩、明暗のグラデーション・対照等によってわたしたちに知らせる。

第1枝　色彩、調和

和、日本文化、たとえば家屋や社殿などの建築物・陶器・日本画・着物・壁紙の色彩は、それらの板・柱の素材そのものや、染料・漆・岩絵の具草木染等、自然という名の器と調和している。

第48葉　明と暗
和の色彩感覚
色彩　聖徳太子の「冠位十二階」
日本人は　色彩を
白黒に「Kiss（単純化）」していった

金閣寺は銀閣寺に

昼は六色　聖徳太子「冠位十二階」
「黒（淡：小智、濃：大智）→白（淡：小義、濃：大義）→黄（淡：小信、濃：大信）
→赤（淡：小礼、濃：大礼）→青（淡：小仁、濃：大仁）→紫（淡：小徳、濃：大徳）」
6×2＝12の色彩
その六色は　花鳥風月

第49葉　白赤黒蒼

アポカリプス　ヨハネ黙示録第6章

白い馬　コロナ　弓はワクチン

赤い馬　人類内ゲバ　反ワクチン　共和党

黒い馬　ニュルンベルク裁判

蒼い馬　ワクチン↓死病（免疫不全）　死神・剣

第50葉　知高く、身守れ

浮石沈木　アベコベ

国は自己免疫疾患を招来し沈没させ石＝ワクチンを

真逆の「浮」＝浮き輪＝人命救助の薬「石」だと偽り

延命に必要な自然免疫を保持するための「反ワクチン」＝「木」を

真逆の「沈」＝人命軽視の流言飛語だと偽る

その嘘を国民が真実だと思い込み　ワクチンを何度も注射する

知高く　身を守れ

知　Change＝「転」

慣点から感転へ
カンチテンプク
チ知、知足
機知・基地・貴地。吉・既知
危地。窺知
奇知・棄置・鬼畜
愛器知の知の心得は、我尋医史科学

第2枝　松果体からの贈り物、知の最高峰

知の中核には、精神が、さらに中ほどには松果体＝魂と霊が巣食っている。それが、素粒子＝量子を直観的に掴み、宗教に昇華する。宗教は知の最高峰。マルクス主義の下品な唯物論は、この科学に無知であった。

第51葉　メソポタニアの礼拝

ＤＮＡの旅人
meme の旅
砂の上の足跡

メソポタミアの砂漠
食卓のＴＶが舞台を照らした
死の商人の玩具や人形たちの
さもしい舞踏会

「人間の楯」の悲痛な願い

ぼくは　映像に夢中で　太股の生身に
誤って　零したみそ汁
ぼくの煮えた皮膚
火傷
のたうつ意「識」
眠れない夜

原爆のケロイドを脳裏に
ぼくは　痛み入る　実感

イスラムの人々の礼拝
仏教徒の相互礼拝
キリスト教徒の十字架

再び　湾岸を思えば
移動する羊の群

「空」に向かって
手を挙げるアラブの人の顔に
刻まれた風紋

医軍情（医療・軍事・情報）産（産業）政（政治）複合体よ
落とすナ
落とすナ
子羊の群に
みそ汁とウラン弾
この舞台に

落とすナ

その「火」で、「地」上の全てを灰燼にする
ブッシュの小さなピカドン
人体を乗物にして
盛り上がり　寄り添い
「風」に捻れ　囲い込み
螺旋状に膨れあがって
何光年もの大河の「水」を呑み込み
排泄してきた風紋の旅路
進化のシルクロードよ
ＤＮＡの愛おしい曼陀羅の足跡
試練に耐えた旅人

「父を、母を帰せ」　いのちを帰せ
メソポタミアの大地に

第52葉　空海の知、東寺

　ボロボロの海月が　海岸にうち寄せるように　京都に辿り着いた
私鉄の駅を降りて　しばらく歩くと　五重塔が見えた
早朝　大師堂を巡り
魂の東寺から肉体の高野山を拝む
傘の上に　雨が降る

ぼくは
水葬を望む
肉体は魚や水底に
魂は　国会図書館の自著に

海原に出たら
この詩を想いだしておくれ
息子たち
火葬場で　父の骨はごく一部しか持っては帰れないのだから
心のS情報は　肉体のP情報と一体のものだから

２００３年6月28日

やがて　海原に注ぐ　梅雨に濡れながら
立体曼陀羅の講堂に
「濡れた人間は雨を恐れない」［Iraqi Proverb］
鶏小屋のそれのような扉を開けて入れば
回る回る
ルーレットのような六界
番傘のように輪廻する空間

16枚の花弁　菊の渦潮
一人　眼を開き
菊の花心に大日如来
胎蔵界　金剛界
神々や仏は　みんな　潮流に酔い　船上に揺れる
蓮という貴船の乗物
象や鳥　水牛という船に乗って

ぐるぐる回っている
いつも
止まるところが
観音さまや多聞でありますように

武蔵も2年　吉岡の児童を虐殺した後
ここで心を見つめたという
「来るものに食べ物を施しなさい」［空海］

「生総表行」の胎の生命と金色の表現
内ゲバなき共生　総合性
行きつ戻りつ歩く八十八箇所
54歳
雨中
若氣のいたりも恥ずかしく
東寺の講堂を巡り
修繕された傘のような　海月の心を差して

再び　国鉄の駅に戻る
雑踏

生きて
生きて……いさへすれば
いつか
エゴの傷は癒え

生き続けておれば
いつか
ヒトの傷を癒やせる

第53葉　愛欲の知、指輪の奴隷

欲の袋の底は奈落
権力欲は邪悪の種
権謀術数の汚れ
邪悪に染まり

悪の刺激にドーパミンが迸《ほとばし》り
邪悪から快楽を味わい続けるサディスト

マタイ伝第4章第8—10
「悪魔またイエスをいと高き山につれゆき、
世のもろもろの国と、その栄華とを示して
言う、『なんじもしひれ伏して我を拝せば、
これらを皆なんじに与えん。』
ここにイエス言い給う『サタンよ、退け
「主なる汝の神を拝し、ただこれにのみつ
かえ奉るべし」と録されたるなり。』

「The devil took him to a very high moutain,
and showed him all the kingdomes of the world in their glory.
‘All these’, he said, ‘I will give you, if you will only fall down and do me homage.’
But Jesus said, ‘Begone, Satan; Scripture says,
“You shall do homage to the Lord your God and worship him alone.”」

(cf. Jackson Peter, *The Lord of the Rings*)

ケネディ伝第4章第8―10
「サタンまたケネディをいと高き山につれゆき、世のもろもろの国と、その栄華とを示して言う、
『なんじもしひれ伏して我を拝せば、
これらを皆なんじに与えん。』
ここにケネディ言い給う
『サタンよ、退け「主なる汝の神を拝し、
ただこれにのみつかえ奉るべし」
と録されたるなり。』」

スターリン伝第4章第8―10
「サタンまたスターリンをいと高き山につれゆき、
世のもろもろの国と、その栄華とを示して言う、
『なんじもしひれ伏して我を拝せば、
これらを皆なんじに与えん。』

ここにスターリン深くひれ伏す。」

いまや　ケネディ　多くの友を得たり
無欲の坩堝が　大きな人権の力となった

第54葉　村意識＝知

日本のサシスセソ・ハヒフヘホ
サは猿の心得・猿真似ＤＮＡ
シは集・種―集団組織
スはスロー・完璧・崇拝
セは、繊細・完璧主義
ソは相違∵合―編・相違の尊重・相互理解

ハヒフヘホ
ハ∵恥の文化・排外主義
ヒ∵秘密主義・非公開
フ∵風化

ヘ：偏見・偏狭
ホ：捕縛・判官贔屓

第55葉　マンカンダア
慢・慣惰・ア、マンカンダア
感染・簡便　アンカンダー
隠してしまえ　マンカンダア

公害なくせぬマンカンダア
慢性　直ぐには健康被害には繫がらず
慣性惰性　タイムラグ長く
飼い慣らされて　日常の消費生活に埋没　諦め
感染性　アポトーシス　人間死ぬときは死ぬ　早く死にたいネ
死のDNA＝アポトーシス
「赤信号、みんなで渡れば怖くない」
簡便性
「快速便利」［頼富］

安価さ故に勧誘されて
隠してしまう
死という忌みを日常から隠す
隠蔽

第56葉　知―カ果

色―果実の唄　色は情報　色は音・味

バナナ　外・主張は黄色人種　内・心は白人
赤蕪　外は共産主義　内は自由主義 or 国粋主義
レモン　中身の品質不透明
ピーチ　中身の品質透明
ピンク―青：揺籃―自立［ルドルフ・シュタイナー］

緑（Green）―青（Blue）―黄（Yellow）
Green Box―Blue Box―Yellow Box
Red data book　Green：環境

虹　赤―橙―黄―緑―青―藍―紫

「黒白黄赤青紫」十二階の冠位［聖徳太子］

柿赤―医者青

第57葉　煉獄からのアセンション

勤め人は　組織人　ときどき唱える

「カキクケコ（家庭・禁酒・口・健康・心）」

カキクケコ「家庭大事に、禁酒して、口は災い謹んで、健康第一、ココロ穏やかに」

カ：過剰反応はよして

キ：氣分転換

ク：腐るなクヨクヨせず前向きに

ケ：ケセラセラ成るようになるさ

コ：声掛け合って、励まして

　越えれぬ峠のあるものか

信頼されようと励み　いろんな仕組みも覚えた組織人

しかし、落とし込められたり　け落としたり
家庭・健康・愛や悟り　傷つき　多くを体と心で學び
家族の愛情と自然 特に雀の声や野の花
そして　きなしょうきちの「花」に癒され
「涙とともにパンを食べたものにしか　人生の味は分からない」［Goethe］

「死んでもともと」

光と視力
欲が自分を向上させ
その挫折が自分を痛めつける
現実的な金銭欲
収入を得たいという欲望
焦りだけは、捨て去ろう
冷静に　合理的に
かつ家族愛と健康生活を大切に
また謹慎時間をイエス・キリストとの対話や小説執筆などに使おう

揺らぎの人生螺旋
豆科の先端が揺れながら将来を掴む
曼陀羅も、固体発生同様
系統発生を追体験
いずれ　時間の4語・4機を味わい
天に昇る
モノとココロを彩る4語（娯・伍・誤・悟）4機（危・棄・希・祈）
4語は　水平軸に無欲―欲　垂直軸に楽―苦を描く

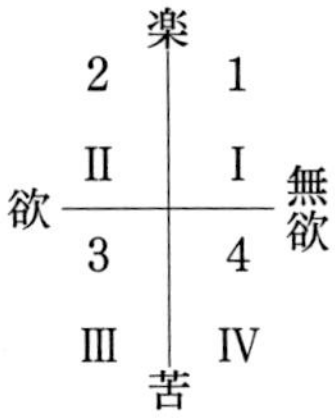

命の大きさ1◯⇩2O⇩o⇩・⇩3・⇩o⇩O⇩◯⇩4◎（復活・蘇生、"Weller than well"）

1↓2↓3↓4（左回りのグリーニング“no more”）

1↓2'↓3'↓（右回りの“more and more”）

イエスはなぜあのように若くして
人生に大切なものが分かったのか？
「額の血の汗」
第Ⅰ象限、娯（楽）型生活を送っており、モノ・金銭を求め、社会的地位もあって、それをもっともっと（More and More）と追求し、そこにココロの幸せを感じる自分
挫折、事故や事件は、たががゆるみ、〈危〉険な事故に遭遇したようなもの
第Ⅳ象限の（落）伍型生活に家族毎
叩き落とし
モノ・金銭への欲望修正ができないまま　それを喪失する　代償の大きさへの不安
ココロは苦しみのドン底に

されど父は強し
かくして　欲を放〈棄〉するところとなり　第Ⅲ象限の人生の誤〈解〉型生活にしばらく陥り　欲と無欲 人生の意味などについて虚無感を味わい
自分を含めて　組織の中で
自己保身・出世のために 裏切り　調子を合わせる人間
コトの裏・本質を見抜き 政治力學を洞察し　達観した人間
それが分からなくても同情してくれ励ましてくれる人間
人様々な模様を見ても　無感動で白けている不思議な自分
不眠症から　外部情報を断とうとしていた
やがて　この励みを糸口に復活をかけ
〈希〉望をもって ゼロに近い 第Ⅳ象限に〈帰〉着した
再び 欲―無欲　苦―楽を螺旋状に動揺し
豆科の先端が　未来を掴むように〈祈〉りの境地を経て
今は度胸も据わり
第Ⅱ象限の〈悔〉悟型生活を日常に「行」として持ち込むこともできる
「欲望を突き抜けて、悟りに至れ」

第58葉　自立と共生、信頼

「一人でいても、さびしくない」
萩の牢獄で　拷問にあっても
静かに笑っていた人
頭山満

義の自立とかみさま
情の和とほとけさま

私と公がおし合い　へし合い
しまいに　おり合っていれば
恥じることはない

この村と日本が
この日本とアジアが
このアジアと世界が
しまいにおり合っていれば

義理は通る

原爆に　米国人の
「リメンバー真珠湾」の情は通っても
DNAの人類のかみさまの義理は通らぬ
生類の義は通らない

木々は生木のまま焼かれ
犬猫は朝日を受けたまま炭になり
小鳥は蒸発し
瓦は溶け
人間（ゴイム）はDNAの尊厳を蹂躙された

「父をかえせ、母をかえせ」［峠三吉］

いきとしいけるもの
生類の無益な屍

みんなアフリカで生まれたのに
分けるな　分かれるな
押し合い
命折れ
蒸発し　やけどしたまま
終わるな

アメリカの「自己肯定」と
日本の「自己否定」で終わるな

西行のように　子を打ち付けて旅立つな
運動は　足元から　地道に
内蔵助のように　旅から
「帰って、あなたの家族を愛しなさい」［テレサ〈アドレノクロム疑惑あり〉］

おいらとファミリーと労働現場が
日本と世界が
おり合っていれば
情は通う

「義理と人情を計りにかけて」
失敗しても
いつか　償える

「自己否定」と「自己肯定」が折り合っていれば
ぼくらは　みんな

さびしくはない

第59葉　ウェリントン

アフラトキシンの生えたピーナッツを舌に
臭化メチルづけの大麦から醸造したビールを口元に

泡を呑む

苦い味わい

彼岸花の咲く
１９９３年作況指数85の稲田のむこうに
塩化ビニールを焼く煙がたって
秋の陽が沈む

臭い匂い

暮れれば、やがて風がたち
合成洗剤に泡立つ唐の原川にすすきが揺れ
古里の小川のせせらぎが聞こえる

水が呑みたい

……

淋しいか

水に病み
シアンガスの風に吹かれ
日本を去る日

陽の当たらぬ
南半球南向きの丘

クック海峡の荒れる
ウィンディー・ウェリントンへ

第60葉　岩佐又兵衛、安全運転
　イワサマタベエカ

居眠り運転厳禁　一時停止励行

脇見運転厳禁
左右確認　キョロキョロ
マイペース「未だはもうなり、もうは未だなり」
退行注意
ベターな運転を
エンジンブレーキを
カーヴ・ミラーはミラーないけん

第61葉　感謝のあい……

あいうえお
ありがとう
いただきます
うれしやウルウル
えがお円々
おかげさま

第62葉　21世紀の3D

3D：Detox／Dimension／Declass

Detox ；ワクチン解毒

Dimension；異次元への拡張と理解、器大きく

Declass；真相開示、20万年来のワクチン等によるDNA再編集の時代の明示

愛器知

デットクスは愛

ダイメンジョンは器

デクラスは知

一人でも多くの日本人を3Dで救おう！

第63葉　デトックスはミダシナミとアイキチとアイウエオ

＊解毒には、ミダシナミを！

ミ：ミネラル・味噌と水とミトコンドリア、亜鉛・Mg(心臓病予防)・ヴィタミンD、C

ダ：断食で解毒・再生（TRE：時間制限付き断食)

シ：自然免疫と食事・塩（天日塩）や「アイウエオ」

GCS（グルテン・カゼイン・シュガー）を避ける

ナ：ナチュラリスト・納豆
ミ：身を守る、５Ｇ・shedding・メディアや権威の嘘などから防衛、moron（大馬鹿）➡moronic（馬鹿な）にならないように！　もろニックきDS、ありもしないomicron（ただの風邪のウィルス）
その他：身体に巣くうワクチンの排毒は、ヨモギ・寒天・非加熱の塩（天日塩）・納豆・きのこ・梅干し・ゴーヤ・ニンニク・トマト・胡麻、ナッツ・ブロッコリー・ゆで卵・タキシフォリン・イヴェルメクチン

＊アイキチ
ア：アビガン（妊婦注意）・アミグダリン（梅／薔薇科の実の種）・アルテミシニン（ヨモギ）・亜鉛・アントシアニン・アトムのラドン水（三朝温泉・羅漢温泉他）・暗黙知大切に・愛オキシトンシン・「アイーン」で明るく・温めて・甘いもの厳禁・汗
イ：イヴェルメクチン・飲尿・犬枇杷・無花果・イガイガ治すノドヌール・息整えて・インフォメーション・インサイト（洞察力）・アイデンティティ自立・イノチ第一・祈り
キ：キノコ・気・樹（タキシフォリン）・キナー・木耳・菊芋
チ：茶・チョコレート・注射拒否
＊アイウエオを！
ア：甘いものダメ（点滴のブドウ糖・砂糖などが癌の餌に、白米も玄米に）

温まる・歩く
イ：イヴェルメクチン・いい気分・いい振る舞い・いい空気・医者治せる医者に・祈る
ウ：運動で温まる・歌う
エ：栄養（自然農法人参ジュース、肉は低温で固まるので止めて青魚の油を老廃物を運ぶリンパ液に）・笑む／お薬危険：抗癌剤は増癌剤・阿《おもね》るな自立して知ろうとせよ「知ろうとしないから素人だ」
オ：起きる早起き（被暗殺説の故宗像久男が治る癌治療のために大半提案）

第64葉　ハタノ新古さん、ジサコ古新さん

たまたま元気なハタノ新古さん
ハ：針先、ワクチンの針先（筋肉、静脈や毛細血管のない筋肉組織）
タ：体質がアルカリ（酸性ならSP増殖）
ノ：濃度が薄かった（濃いロットもあり）
シン：新鮮なPEGがSPの癒着防止
コ：古いSPが増殖低減
副反応のジサコ古新さん
ジ：静脈／毛細血管に針先が

サ：酸性体質
コ：濃いロット
古：古いＰＥＧがＳＰを癒着させた
新：新鮮なＳＰが増殖
（２０２２年９月時点で、健在な日本人は、運の良い「ハタノ新古」さんに過ぎず、打って５年以内には、体内のＳＰ〈スパイク蛋白〉が発病させるという研究もある。日本だけ緊急承認予定の自己増殖型レプリコンワクチン＝コスタイベ筋注〈２０２３年薬事法承認〉が２０２４年10月〜４２０万本打たれようとしている）

第３木　地の知、和を知る

和のこころ、本林は、われわれの地、ふるさと日本列島に眠る和を詠う。日本の詩歌は、アニミズム、和の森羅万象への愛と信仰を詠う。

第１枝　和の文化は愛の文化

日本文化のエッセンスはアニミズム、東洋の端の圧縮。和の映像、音も光も単純化される。日本人は左脳で虫の音色を聴く。言語の左脳と感性と直観の右脳が相互に作用し合い、想像を創造して左右脳のハーモニーとなり色＝光と闇の水墨画からは音が聞こえ、音の言葉からは光＝色が見える。

第65葉　水墨画

水墨画の描く風景の
安らぎとリリシズム（lyricism）の「詩」心泳がす「泳」
心太る「太」が
この「安」に連結し
「安」から放射される
「詩」　心象風景描写　詩画　正岡子規の写生句の絵画化
与謝野晶子「金色の…」などの絵画化
与謝蕪村の絵画＝「詩で描き、絵で謳う」［佐々木正子］
「泳」　タンパク質の音楽があれば
絵画のＤＮＡのリズムと同様のフラクタル構図の絵画もあるはず
名画に　タンパク質のリズムあり　光の波動は音の波動
奏でられるリズムある水墨画に心が泳ぎ　蟠りや怒りが溶け　解放される
「太」　孤独でやせ細った感情が　水墨画を描いたり　見たりすることによって
共鳴・共感の連帯心へと変わる

心が満タンに太くなる
安心は　安らぎ　癒しのこと

水墨画は　疲れた子羊を癒し　免疫力を高めさせる　また
手・腕を動かす水墨画制作は　健康・記憶力　イメージ力増強になり
認痴症予防にもなる
画家は
　多くが高齢でもしっかりしている

水墨画には　絵画療法的使命　役割があるのではなかろうか
水墨画は
線の太い細い　濃淡　構図　配置などが　鮮明に　かつ短時間での描写が可能
墨の匂いや墨を摺って墨をつくる過程

習字道具を机に並べる行為自体
心を落ち着かせる癒し効果を持つ
水墨画は癒し　副交感神経

“Tear/Talk/Time” ＋ Draw ＝癒しの「涙・会話・時」(作者不詳) ＋水墨画の効果である
つまり、4語と4機の「苦悩から歓喜」[シラー] の道を癒す水墨画かな

第66葉　イロハ歌

イのち（命）万物に（物活論＝汎神論）
ロん（論）も　視野増し大きく（Dimension）
ハ（派）ばつ　密室に注意（echochamber〈反響〉効果に注意）
ニん（忍）たい　薄っぺら抑えて（浅はかな自尊心なんのその）
ホん（本）は　本能「補捨流調」本に生かされている
へん（変）に　氣づこう（変：ワクチンによる人間遺伝子組換、酸化グラフェンによるトランスヒューマン）
トき（時）奇跡の出会い（時：一期一会、こうもり傘とミシンの出会いのよう）
チ（知）は　海月の浮遊（知：伸縮自在に智を吸収し、大きくなろう）
リ（理）は　知から（理：広く情報収集し、自分の頭で、判断）
ヌし（主）我に神主（主：まずは、自分の中に神を意識しよう）
ル（流）は　流の留「動的平衡」（留：「しかも元の水にあらず」）
ヲ（魚）には　水あり　探せば水あり（魚：生きていくための水＝糧は必ず見つかる）

ワれ（吾）　自灯明　法灯明（吾：「天上天下唯我独尊」）
カん（感）は　直観（感：自分の胸、本能的直観）
ヨ（世）　この世にあの世がパラレルに（世：すぐそばに霊界）
タ（誰）がために　戦ありしや　操善操悪（「分断統治」「勧善懲悪」に騙されるな）
レい（霊）に　救われて（守護霊あり）
ソう（創意）　創造と想像（想：創意工夫）
ツき（月）に　宇宙人　地球にも宇宙人（月には宇宙人が創った衛星だという説もあり）
ネ（寝）ているときに　不思議な受信（テレパシーで知らせるようです）
ナ（名）は　高く深く（ゴッホのように愛器知、大きく深く）
ラく（楽）に　氣楽に（困った自分を笑って楽に）
ム（無）に　量子と魂　無にならず（無：不滅）
ウ（有）の憂い　憂えても有為転変（「諸行無常」）
ヒャク（百）川《せん》「海を学ぶ」（多くの全ての川が海に注ぐように、道理を学ぼう）
ノ（野）出《い》づ　野のノイズ情報から貴重な情報（どんなくだらない情報も一応耳に）
オートファジー（Autophagy）　自食で解毒（ミトコンドリア内スパイク蛋白を解毒）
　オれ（俺）　俺様主義では纏まらず
クる（狂）わす薬　「クスリはリスク」（狂：向精神薬オランザピンで殺人、パキシルで

自殺、睡眠薬・向精神薬に注意）
ヤ（病）みたるを　さらに病ませる西洋医学（病：ロックフェラーの医療による殺人・人口削減計画）
マ（真）に受けて　麻薬を打って魔の道に（真：ワクチンがコロナに効くのは真だと騙されて打ってあの世行き）
ケんか（喧嘩）せず　謙虚な人は喧嘩せず（「金持ち喧嘩せず」）
フね（船）出るぞ　新船地球号に乗ろう（ワクチン×5Gによるトランスヒューマン＝人間牧場時代の地球号に対する新しい人命尊重ナショナリズム地球号）
コわ（壊）されて　混迷の世を再構築（壊：シェディングでLiveな人の接触が困難な破壊的「ワクチン後遺症社会」［中野博］時代に、金融・経済・文化など総合的に新人間世界構築）
へん（変）ですワクチン　生物大変（変：シェディングや家畜へのmRNA注射、ころぎ捕食で生物総体の生命が危機に）
テん（転）転換　見方の転換（ワクチン＝有毒をはじめ、真実を知るためには、見識・常識を大転換、「慣・痴・点・伏」から「感・知・転・幅」に大転換）
アい（愛）愛深く大きく（「敬天愛人」が人の器量を大きくする）　アんしん（安心）「案ずるよりは生むがやすし」

サいきは塞鬼　鬼は縄文人（塞鬼・佐伯真魚＝空海は、縄文人？　佐伯出自のわれわれは常陸の国の縄文人、アテルイがリーダー）
キは器　大きく深く（「大器晩成」）
ユ（湯）で治療　腸を温め　血流楽し（湯・温泉治療、癌も治せる可能性。2019年に、筆者の肺癌症状が消滅）
メ（目）は入れる知　一に目　命の目　目（お湯で目を温める）
ミ（未）かんせい　未熟者の尋性成仏（薄っぺらなプライドを捨てて、非を詫びる）
シ（死）苦受けて　屍の街に道拓く（ワクチン主反応で、次々人がこれから死んでゆく。和の縄文人の心を忘れずに）
エ（絵）もち　ロスチャイルド家系のマルクスの共産主義の絵餅に騙されて（所有なければ自由なし。WEFシュワブは、非所有にする）
ヒと（人）でなし　光に背く闇の宇宙人の遺伝子組換（人：酸化グラフェンとmRNAによるトランスヒューマン）
モ（若）しかしたら　若しや希望の光射す（イエスが再臨？　光の宇宙人は勝利するでしょう）
セ（世）かい　三千大千世界の不思議　量子力学（不思議体験からこの世の中の霊界＝パラレルワールドを知る）

スい（水）仙は　韮にあらず　ワクチンも薬にあらず有毒なり（毒を毒だと教えるのが
人の道）

圧縮版‥
イのち、万物に。命
ロんも、視野大きく。論
ハばつ、密室に注意。派
ニんたい、薄っぺら抑えて。忍
ホは、本能、「補捨流調」。本
へんに、氣づこう。変
トき、奇跡の出会い。時
チは、海月の浮遊。智
リは、智から。理
ヌし、我に神主。主
ルは、流の留、「動的平衡」。留
ヲ、魚には、水あり、探せば水あり。魚
ワれ、自灯明、法灯明。吾

カんは、直観。感
ヨ、この世にあの世がパラレルに。世
タがために、戦ありしや、操善操悪。誰
レいに、救われて。霊
ソう、創造と想像。想
ツきに、宇宙人、地球にも宇宙人。月
ネているときに、不思議な受信。寝
ナは、高く深く。名
ラくに、氣楽に。楽
ムに、量子と魂、無にならず。無
ウの憂い、憂えても有為転変。有
ヒャク川《せん》、「海を学ぶ」。百
ノ出《い》づ、野のノイズ情報から貴重な情報。野
オーとふぁじー、自食で解毒。Autophagy（オれ俺、俺様主義で纏まらず。俺）
クるわす薬、「クスリはリスク」。狂
ヤみたるを、さらに病ませる西洋医学。病
マに受けて、麻薬を打って魔の道に。真

ケんかせず、謙虚な人も喧嘩せず。喧
フね出るぞ、新船地球号に乗ろう。船
コわされて、混迷の世を再構築　壊
へんですワクチン、生物大変。変
テん、転換、見方の転換。転

アい、愛深く大きく。愛（アんしん安心、「案ずるよりは生むがやすし」。安）
サいきは塞鬼、鬼は縄文人。塞
キは器、大きく深く。器
ユで治療、腸を温め、血流楽し。湯
メは入れる智、一に目、命の目。目
ミかんせい、未熟者の尋性成仏。未
シ苦受けて、屍の街に道拓く。死苦
エもち、共産主義の絵餅に騙されて。絵
ヒとでなし、光に背く闇の宇宙人の遺伝子組換。人
モしかしたら、若しや希望の光射す。若
セかい、三千大千世界の不思議、量子力学。世

スい仙は、韮にあらず、ワクチンも薬にあらず有毒なり。水

第67葉　愛（I）Love　湯（You：Spa）

その怒り　薄っぺらな自尊心から　湧き起こってはいませんか？
その憎しみ　薄っぺらな自愛から　込み上げてはいませんか？
自分の眼力・耳力の不足から　沁み出たのではありませんか？
今夜は
薄っぺらな自分
その何もかもを忘れて
日本の天使　美空ひばりでも聴きながら
ひとまず
天ケ瀬の湯に浸かっていきませんか？
You love me
I Love You

第2枝　身近な和

慰めの草木、草木はグリーンだけど、多くのグリーンマーケティングがＳＤＧｓやCO_2

温暖化犯人説や4RのRefuse削除（Reuse/Reduce/Recycle）の3R等、詐欺的なダボスのWEFに即した「売れる仕組みづくり」になっている。反公害のマーケティングに回帰したい。

第68葉　こんな身近に野草

あいうえお
茜／あれち野菊
犬枇杷
瓜肌楓／ウツギ
えごま
大荒地野菊
アイウエ
愛飢エたオとな
あいうえおはこれら和の草木の名も知らず
名を呼びもしなかったのに
光と音で慰め続けてくれた　あいうえお

第69葉　反公害数え歌（反グリーン詐欺）

一つ　人を育てよ　許し合い
「寛い心」で
反公害ミームを広げよう
二つ　蓋は開けよ
隠しや偽装の蓋を
深い事情を分かり合い
自分が深くなけりゃ
人の蓋は外せない
三つ　満るなら分かち合おうぜ
「みんな仲良く」
妬み無く
四つ　拠って立ち
「喜び」合えよ
この寄り合いの循環を
五つ　いつも未来を、考えよ
因果応報

「色は匂えど散りぬる」と
六つ　難しく虚しいけれど
睦まじく無理せず
"Think Globally" 向かってゆこう
ギャーテイギャーテイ
七つ「名無しの権兵衛」
なんかにゃ成るなよ誇りを持とう
八つ　やってみよう
「長い眼」で
"Act Locally"
「柳」のように緑の流通柔らかく
九つ　心から
拘らず
ここでも愛でよ　生きとし生ける草木昆虫「超えては成らぬ」
殺生止めて
十　遠い所に住む人の　為になれよ
風の通りは良好に

とうとう想う
「時」はいま
　全ての公害待ったなし

第70葉　見はるかす　宮若の街

一　コンコンと　この大地に　清き水が湧き
　春先に　雲も長きに　棚引きて
　宮若の街　豊《トヨ》の地
　この器《き》に　愛と知　溢るる
　詠え　愛器知　ひばりもともに
　より深く大きく広く　コンコンと

二　サンサンと　この田畑を　陽は照らし
　夏暑く　光合成を　促して
　宮の田に　稲穂は実り　捧げらる
　西山に　鳥に応え　休みゆき
　上がれ　太陽　明日もまた

筑豊の街に　「愛燦燦《さんさん》と」　サンサンと

三

サラサラと　この川原に　風は通り
秋来れば　俳句詠まれて　選ばるる
脇田温泉　愛知を盛り込め　短き器（17文字）に
犬鳴川　風と一緒に　一句詠め
吹かれよ　川の風流に　サラサラと
猛暑の疲れ　慰めて

四

トコトコトン　郷土と自分　知り抜こう
冬迫る　宮若史　温故知新《おんこちしん》
竹原の加護　行基の祈願　貝島の悼み
この思い　湛《たた》えよ
祈れ　愛器知
宮若の街　刻め広き知を　トコトン広く
（毎夕 5:00pm に鳴る宮若市のオルゴール曲を聴きながら）

第2林　和の音節、和の魂　知の詞

広狭の知、それぞれの想いを圧縮し、その抽象概念を具体的な器である和歌と俳句に表す。

一言主の神さま、吾に、荒地野菊のような、自立と成仁の力＝光を与え給へ。根を張るための少しばかりの土と茎に流し葉を潤すための僅かな水（＝年金）さえ施されれば、力強く群生する荒地野菊。茎は、共に雨風から守り守られつつ、すくっと天に向かって卓然自立し、葉は、その1本の茎に多く生え柳のようにしなやかに陽光を受け、大地に成仁の酸素を放ち、緑陰を映す。

神さま、この野菊に宿らせた氣魄、さらなる光を吾にも施し給え。

第1木　愛の花散るを知る歌

矢（誓い）の歌　知、道を和歌に託す。わたしに技量があれば、和の縮みを俳句で表現出来たけれども、努力が足りず、ここに和歌を詠む。

第1枝　和歌、花鳥風月

アニミズムや森羅万象への感情移入から、和歌や川柳歌が生まれる。

第46板　ホトトギス　タクラムタクラン　ウグイスは
　　　　法華経と鳴き　法燈明照らす

第47板　国守の　崖に栖たる　海神の
　　　　岬に花散る　碧き海原

第48板　倒木に　なりても咲かす　さくら花
　　　　朽ちても遺せ　やまと魂

第49板　倒れても　その身に咲かす　さくら花
　　　　八千代に遺せ　やまと魂

第50板　倒木に　なりても咲かす　さくら花
　　　　朽ちても遺せ　やまと魂

第51板　百合一つ　細く遺して　魂に
　　　　秋の野に咲け　二つの胤（愛児）よ

第52板　逆縁の　落花にいたる　危うさよ
　　　　命へ誘へ　揺れ迷う身を

第53板　幻の　知に楼閣か　マルクスの
　　　　　　　　　　　　　花の宴悲し　リンチを妻に
　　　　　　　　　　　　　（友人、連合赤軍、榛名山事件の上垣康博に）

第54板　花の下　旗を振られて　往きし友
　　　　　　　　　　　　　社に舞うや　吹雪の散華

第2枝　道

道を尋ね求めて疲れた君に、励ましの歌、届けたい。時には、生臭坊主になったていいじゃないか、「柔肌の　あつき血潮に　触れもみで　さみしからずや　道を説く君」［与謝野晶子］。そして、縄文杉太郎の次の和歌でも読んでみて、時間を無駄にしてくれや。

第55板　偏差値の　籠に囚われ　幾星霜
　　　　　　　　　　　　　知広き空へ　飛立て雀

第56板　痺《しび》れても　叩き続けよ　命架け
　　　　　　　　　　　　　青の難所に　洞門を潜れ

第57板　鎚の音　響いて明けよ　洞の闇
　　　　　　　　　　　　　了海念仏　六根清浄（青の洞門）

第58板　蝉吸わせ　斃れてなほも　空つかむ
古城の址の　一樹の杉よ

第59板　これやこの　大穂《おおぶ》の里の　宗生寺
弱き援《たす》けむ　行基のほとけ

第60板　紅葉谷　大穂《おおぶ》の里の　巡り会い
共に頂く　野山の恵み

第61板　武士一人　言葉に隠れ　もの言わず
弱き者の盾　守護の影

第62板　日の本の　大和心を　問い詰めん
すめらみことを　頼らぬくにに（縄文に帰ろう）

第63板　葉を向いた　上昇志向　打ち止めぬ
キリンの頭　空から舞い降り

第64板　五百万　猿より安き　日本人
レプリコンワク　悲しく打たる

第65板　レプリコン　まっ赤な信号　無辜《むこ》渡り
どっとＲＮＡ　スパイク刺さる

第2木　句、大和の感動

大和心は和歌に、それを少し隠し余韻を与え、簡潔に圧縮し、大和の感動を俳句に。

第1枝　矢（誓い）と祈り

心象風景への誓い、一体感を詠む。

第125札　野垂れ死ぬ　覚悟の二十歳　藪椿

第126札　詩人じゃと　我も呼ばれん　中也の碑

第127札　落首か　見上げる空にも　藪椿

第128札　魔界村　闇に澄み咲く　真《ま》の菫《すみれ》

第129札　土少し　水少しあれ　地の野菊

第130札　蜘蛛が糸　虫に揺らせて　粘り勝ち

第131札　闇の夜（世）に　無念の駆ける　枯野かな

第132札　使命負ひ　自立の小枝や　根から伸び

＊雲

第133札　大雲《おおき》　身は千切れても　雄姿崩さず
第134札　颪雲は　身を捨つるとも　飛行止《とど》めず
第135札　放牧の　天まで編むや　羊雲

＊花

第136札　褪《あ》せる菊　枯れ尽きる日も　根を張《は》らむ
第137札　菊の茎　枯れ逝く後も　颪に揺れ
第138札　サルスベリ　ともに湧き立つ　夏の雲
第139札　地に降りん　キリキリ舞うや　桐の花
第140札　老い桜　枝に宿すや　雪の華
第141札　我が道も　枯葉に埋もる　秋の暮れ
第142札　遥かなる　シルクの道を　鳴き渡れ
第143札　重氏が　燭台立てる　山の杜
第144札　力満ち　夕日に輝るや　志賀の湖
第145札　帆を挙げて　潮風に乗れ　蒼き舩
（"I am sailing…" "We are sailing［Rod Stewart］"）
第146札　氏貞が　夕陽灯すや　楢の葉に

第2枝　器の忌と氣を知る

肉体という名の器、その死は現世の未来へつながるネットワークの切断。
他界＝隠界に生きる死者を哀悼できる感性。受苦、愛の架を句に。

＊散華

第147札　憂国忌　流れゆく星　由紀夫星（天ヶ瀬、南天に太い流星、2021.11.25）
第148札　ベートーヴェン　華の第9（大工）は　受苦の道
第149札　華の下　冬の路地行く　だいく（大工＋第9）の子
第150札　苦（9）悩ゆえ　歓喜《かんぎ》への道　花遍路
第151札　鶯も　泣くや朽ち逝く　梅の寺
第152札　向日葵は　活きて陽を向く　蹲に
第153札　熟れてなお　山桃の實に　樹液かな
第154札　葉隠れて　グミ赤きまま　落首待つ
第155札　在自《あらじ》（荒地）きて　菖蒲祈願の　山の風
第156札　知りぬるは　残酷なりや　薔薇の道
第157札　霧はれて、眞《まこと》の路に、菫草
第158札　色づきて　四つ塚涅槃　空仰ぎ

第159札　安らはで　六根清浄　凍り付き
第160札　齋《い》をのれば　ひもろぎの愿に　西日射し
第161札　透明の　蒼穹に貼らむ　枯れ枝細く
第162札　陽に見られ　応《こた》えて赤き　彼岸花

根

第3の知の森は広すぎて、いまなお出られないでいる。知？　器に入る知は、あまりに狭く、したがって器も小さく、知を広くせんと尋ね焦る魂が、藻掻いていた。この第3の知の森では、若い杉の木のように、未熟で未完成な木や林や枝の知を、恥ずかしげもなく言の葉・歌・句に表現した。

本詩集の「第3森　知」編集中に、日常使う言葉の力について、地名が住んでいる人々にどのような影響を与えるか、少し調べた。わたしが、「名は体をなす」で自分の姓名と出身県広島とを意識し、質実剛健でありたい、また知と心を広くしたいと幼少期から思って来たからである。そこで、織田・豊臣・徳川の出生した愛知県（上方と江戸の間地《あいち》にある。知は、知多半島から？）が、「愛器知」という語に近いので、同県について坂本光司研究室編『消費の県民性を探る』同友館、２００７年を調べてみた。名古屋市は、夫婦の愛情に関係があるのか、挙式・葬儀や喫茶店や饅頭代には高額の支出があるのに、残念ながら、知に関わる新聞代は10位でも、書籍、インターネットや愛に関わる付き合いには低額の支出しかなかった。おそらく、知多半島も書籍代は少ないであろう。愛媛県の松山市は、愛に関わる付き合いは全国平均の支出である。愛知県では図書館の数とその活用率が多く高いのかもしれない。だから、この統計だけで、判断するのは早計であろう。心配なことには、全国的に、言葉一般が区別する表記の意味だけを持ち、その来歴を深く人々の心に刻むことがなく、アイデンティティがＧＨＱの３Ｓ作戦・自虐史観等を植えつけた戦後教育によって、国土・郷土愛とともに喪失させられたのかもしれない。

大《おお》根《ね》

3つの森に少しなりとも出入りした今思うに、遅かれ早かれ、大きかれ小さかれ、愛器知に関わりなき感情・事象はない。愛の小さな波動、器の美醜、知の早熟・未熟に触れたわたしを含む読者は、共感や嫌悪や無感動、快不快等の感想を抱かれたのではないだろうか？

本詩集のテーマは尋、愛を尋ねること、それが自我を尋ねること、さらに自我の器を尋ね、そのための知を尋ねることにあった。その上木《じょうぼく》を心がけた編集は、終活となる人生の反省を、そのような尋を通して行ったものである。

尋、わたしは自分の全てを、胎内で、自然界や社会、特に母性の他力を受け、愛されることから始め、自力で母親を無意識に尋ね（求め）、胎児としての一歩から始めたように思う。その愛についての「尋」から「天上天下唯我独尊」という誕生仏釈迦の言葉は、生まれたのであろう。

愛器知の3つの森は、3森一体のトライアングル。

△ 愛器知《あいきち》

何人の人が、美術・音楽・文学・演劇等の芸術一般がそうであるように、詩を読み、真似て詩を詠んでは叫び、魂を命を救済して来たことだろうか。何人の人が、詩人中原中也の七五調「汚れつちまった悲しみに……」に石牟礼道子の「苦海浄土」同様不条理な自虐の快楽を覚え、そこから這い上がれたことだろうか、また詩人宮沢賢治の言葉「雨ニモ負ケズ」に命を救われ殺人を回避し、書家相田みつをの言葉「かんのんさまはどうしてこんなにしずかなの……」に泣き、転じて自分も詩作し書き記し傷害罪を未遂に終わらせ、煎茶の祖高遊外売茶翁の書「貧不苦人、人苦貧」に薄っぺらなプライドを捨て、自然主義者国木田独歩の碑「山林に自由存す」（山口市亀山）を覚え疲れた身を散策させたことだろうか。

一般的に、言葉は希望、詩は、疲れた旅人に命を吹き込む。「一人じゃない」という共感が、人を奮い立たせる、慰める。それに歌曲が付き、歌うように読まれれば、共感は増幅する。恋歌（相聞歌）・校歌・軍歌・凱歌・童歌・子守唄……しかり。「人は世に連れ、歌は世に連れ」、詩は曲に連れ、世の人の胸に沁みわたる。

ジェームズ・キャメロンが『TITANIC』の前（『ターミネイター』）後（『アバター』）作で問題提起したように、器を電子とし、ChatGPT 等の Virtual（V）なＡＩ（Artificial Intelligence）＝知が愛を語る時代。中原中也賞や芥川賞をＡＩが受賞する時代に、Live（L）の「天上天下唯我独尊」、生身の肉体を持った個人の心の痛み、愛器知の尋の奇跡が今ほど大切にされ、共感されるべき時代は、未だかつてなかった。

Real（R）の本詩集が、その中に一つでも、この苦悩（V）を共有出来、生身の人間関係（L）に生かされますように。「沈没」していった草莽《そうもう》の画家ジャック（第2葉参照）、あるいは「伊豆の踊り子」に通じる旅芸人、戦後の縄文人を鼓舞するために木霊や英霊に授けられ、神国の昭和とともに「昇天」していった愛器知の尋ね人美空ひばり（１９８９年6月24日、52歳1か月、間質性肺炎で他界、「ダメだよ病床で出前の博多ラーメン食べちゃあ」〈骨頭壊死で入院中の済生会福岡総合病院看護師、１９８７年初夏〉）の歌のように、読者の人生＝長編小説を梅干しのように圧縮したものになり、少しなりとも曼荼羅模様の乱雑な氣持ちや読者の人生の整理に役立ち、共感と連帯感を生み、慰問と励みと勇氣付けになり、明日への希望に繋がるものになることが出来たならば、幸いであり、嬉しい。このＲがＬＶに呼応し、ＬＲＶのベストミックスに繋がりますように。

「三分間の曲の中で、ひばりさんは長編小説を書いてみせたこともある」（p6、中村メイコ「日本中を自分に振り向かせ、最高の旅立ちだった。」『ひばりとその時代』日本音楽教育センター）。

10歳のひばりは、杉田劇場の仲間と四国バス巡業中、通りかかった土佐大杉村での横転で瀕死の重症を負いながらも「不死鳥」のように生還した。ひばりは、その村の大杉に対面し、誓った。

「日本一の大杉さん、きっとわたしもあなたのような日本一の歌手になります」（p11、同上書）。

ちなみに、わたしの筆名、縄文杉太郎の杉は、日本一の詩人を目指したわけではないが、老いても作家デビューせんと処女作『八月、消えずの火』執筆している頃、遭遇し木霊を感じさせた日田市大山の茶畑の若き杉（杉太郎）と屋久島の古木の縄文杉とに大木への未来を託して命名したものであった。

そのデビューの好機になったのが、10年前の博士論文の盗用指摘、「真実一路♪」ゆえの解雇。法廷で焦燥を自制させたのが、「柔♪」の歌詞、「勝つと思うな　思えば負けよ負けてもともと　この胸の……」（関沢新一）であった。

負けて復職は出来なかったけれども、「奥に生きてる（作家）の夢が」実った。人生柔らかく、「人間、万事塞翁が馬」。ここに出版出来る本詩集はtaonga、ひばりが昭和に巡業で体験したような贈り物、歌の旅。「さてさて　旅は遠いもの」（米山正夫『花笠道中♪』）。

歌も詩も、リズミカルに自他の共感や快を誘う航路・道程でなければ、意味を為さない。たった一葉の詩でも、意味を為して欲しいと思いつつ、愛器知の森を出ることにしよう。

最後の蛇足になるけれども、本詩集は、その別称を『愛器知LOCKET』とする。

愛器知LOCKET（L：愛Love、O：愛情ホルモンOxytocin、C：器Capacity & Shape、K：知Knowledge & Wisdom、E&T（Evolution/Transformation）に、愛を記《き》せしか、散る一葉《いちよう》。大地の如く、より深く、大きく広く。

「愛」のVisionを持って、ペンダントのLocketに「器」、ジャックとローズと愛すべきキャルのOlympic号、もしくは帆船（Vessel）エドウィン・フォックス号の「知」に満ちた航海（Voyage）中の雄姿を納めたい。

愛は、会いて合うこと、相愛し、吾《あ》は愛の子、時に悲哀のアイ。き（起）、記す詩集を、起こすに当たり、語を説かん。あいきちかは、愛器知化なり、理想なり。

愛器知の知の心得は、尋我医史科《じんがいしか》。尋性、真理を探し続けよ！　我（自分）に嘘をつくな！　医療・歴史・科学の嘘を見抜け！　愛は、会いて合うこと、相愛し、吾《あ》は愛の子、時に悲哀の、逆説、自立。

三十路《みそじ》さき　夢のべさけ　地の野菊（のべ＝延べ×野辺、さき＝先×咲き）

詩集『愛器知』の森に出入りした今回の彷徨は、ＩＤ、わたしたちをわたしたちにしているＤＮＡ・meme・知を探る旅であった。わたしも、これを編集し、自分を改めて知ることだ出来た。

この詩集が、「一遍」上人のお「遍路」のように、読者の皆様を「普遍」の愛器知の心で「遍照」出来たならば、幸いである（ヒント：「吾唯知足」）。

愛器知遍路遍照

	一	
普	遍	路
	照	

現在は、２重マトリックス（表・羊：ワクチンは有効・２０２４年パンデミック条約・ＷＨＯ規則賛成vs.裏・「羊の皮を被った狼（a wolf in sheep's skin）」：ワクチンはKill〈人口削減兵器〉、毒・軍医産複合体〈軍事・医療＋産業複合体〉の利益のための条約反対）

の時代。この表の誤った知が、天動説的パラダイムになっている。かつてそれが地動説を空想的尺度＝異次元＝異端＝悪魔として排除した。しかし、これらが逆転したように、裏の真実の知がパラダイムになる時代がきっと来る。愛器知のアイはIdentity、キはKill、チはChange。つまり、自己同一化をしっかりし、殺人兵器＝ワクチンを見破り、「転」換を図るアイキチの時代がもう来ている。

愛器知ヲ繋ギ實ラセル「心技体」［精神・技術・体格］、知行合一。

狼が　被りたる皮　洗脳の
　共環健の　赤緑白

（毛皮が赤い羊（「共」産主義）も、緑の羊（地球「環」境問題解決）も、白い羊（「白」衣が打つ健康のためのワクチン）も狼＝人口削減・人間牧場建設）

著者プロフィール

縄文 杉太郎（じょうもん すぎたろう）

著者は、知の幻覚の色を赤（共産主義）緑（環境主義）白（近代医療）に変えてきた。赤から有機農業運動へ、反公害までは良かったが嘘の地球環境保全のUNの緑へと２色に、さらに白衣にも騙され、これら３色の羊皮の中身の狼たるを知り自己「解体」、「無知の涙」［永山則夫］を流して幾星霜、早や「後がない」［きみまろ］し海図もない後期高齢者。詩作の基盤（アイデンティティ）＝器は、自然環境たる広島西北部の出生地Ｔ盆地の六境、これは古里内外の母校や住宅や出勤先とともに拡張。15歳、航海に憧れたが、商船高に進まず、広島市内の被爆校へ。18歳、中也の「故郷」の石碑［小林秀雄筆］や山頭火の句碑のある山口市のザビエル教会の麓の７年間の旧高商、途中１年２か月の巣鴨プリズン。25歳、武蔵野丘陵の11年間の大学院、終盤、妻の実家の横浜市へ。36歳、福岡市内29年間の勤務校へ。65歳、実質上の解雇。ご迷惑はかけたが、そのお陰で「転」じ、文芸社の岩田勇人さんとVirtualに出会い、Realの本詩集と前作の『八月、消えずの火』を出版できた。心の器は、怨《おん》→隠《おん》→恩《おん》を遍路。知は、家族からのmeme（文化遺伝子）、Ｔ青年会館での髭面で頬擦りする父（杉太郎に木目と鉋の音の美しさを教えた家具の指物師）の膝の上から観た旅芸人のLiveの芝居、浄土真宗の日曜学校、クリスチャンの保育園長兼孤児院長の存在、『まごころ』や『法話漫画（含む『恩讐の彼方に』、『山椒大夫』）』等の著書から。愛は、Ｔ村の小学校理科室のホルマリン漬けの胎児、被爆体験談、芝居の浪士、村の復員兵の連隊旗や特攻隊物語、ラジオの鈴之助から学んだ。詩作の原動力は亡びの美学（山崎博昭・樺美智子・三島由紀夫）である。

著書 『八月、消えずの火』（文芸社 2021年）

詩集　愛器知？　—深く大きく広く

2024年11月25日　初版第1刷発行

著　者　縄文 杉太郎
発行者　瓜谷 綱延
発行所　株式会社文芸社
〒160-0022 東京都新宿区新宿1－10－1
電話 03-5369-3060（代表）
03-5369-2299（販売）

印刷所　株式会社晃陽社

ISBN978-4-286-25926-0